オーガ殿！助力する！
ロナ
魔魚サメーガを追う人魚族の美女。
遠方に小さな波しぶきが立った。
目をこらす。ジッと見る。間違いない。
『ホントに来たか』
『坊ちゃん、お気を付けて』
坊ちゃん
借金返済を目指すゴーレムマスター。

リーデル
坊ちゃんに恋する
サキュバスメイド。

主従そろって出稼ぎライフ！

Little Ogre

Master And Servant
Working Together
Away From Home!

この無人島では、有能メイドがオーガの坊ちゃんと恋のバカンスを企んでいます

2

著：吐息
イラスト：LLLthika

KN
Kinetic Novels

Contents

登場人物

【坊ちゃん】

魔界でも最強種と名高いオーガ族だが、生まれつき虚弱で温厚な性格。豊富な魔力量を活かして、ゴーレムマスターとなった。借金返済のために無人島へ赴く。


【リーデル】

坊ちゃんの家に仕える優秀メイド。エルフとインキュバスの両親を持つハースサキュバスであり、坊ちゃんとは幼なじみ。エリザベスに弟子入りし、魔道具技師を目指すことに。


【師匠】

坊ちゃんのゴーレムマスターとしての師であり、魔界でも有数の実力を持つ魔人。


【エリザベス】

エルフの魔道具技師。師匠とコンビを組むほど優秀だが、なにかと過激な行動をとる。

prologue
プロローグ

01　ダンジョンコア設置から三日目、潮風の薫る浜辺にて。

「あー、いい天気だな」

オレの目の前に広がるのは、どこまでも続く青い海。

白浜の木陰に設置したビーチチェアに横になり、さんさんと降り注ぐ日差しを満喫中だ。

今のオレは赤いアロハを羽織り、下は短パン。

さらに足元はサンダルと、見た目からして実に涼しい恰好だ。

このアロハってのは、大魔王様のお針子ブランドの新商品。

外見は派手な柄の半袖シャツで、肌ざわりも良く動きやすい。

暑い地域で流行しているだけあって、海での活動にもマッチしている。

「そうですね。いいお天気です」

すぐ横から澄んだ声がかかる。声の主はリーデルだ。

ウチのメイドであり、あらゆる面で頼れるスーパー才女様。

ただし、いつものメイド姿ではなく、ピンクのビニキで、その上にこれまたピンクのアロハを羽織っていた。

頭につけているヘッドドレスは、仕事中のアピールなのか？　いるか、それ？

そんなチグハグ姿のリーデルさんは、難しい顔で何やら大きな機械をイジっている。

というのも先日、リーデルは魔道具技師のエリー先生に弟子入りした。

それを聞いたオレはずいぶん驚いたが、本人は充実しているようだし、オレとしてもいつも仕事ばかりのリーデルが、趣味をもってくれたのは嬉しい。

「あーあー、本日は晴天なり、本日は晴天なり。坊ちゃんはハラペコ大王」

リーデルがその魔道具に向かって話しかける。

いや、話しかけているわけじゃないか。

「アーアー、ホンジツハセイテンナリ、ホンジツハセイテンナリ。ボッチャンハハラペコダイオウ」

リーデルの声によく似た声が、魔道具から聞こえてくる。あと、最後の何？

「ちょっと音が低いカンジか？　なかなかうまくいかないな？」

「そうですね。音が劣化してしまいます。録音が失敗しているのか、再生がうまくいっていないのか……」

リーデルが最初に与えられた課題は、この録音再生機の制作らしい。

屋敷にいた時もヒマを見つけて、ちょこちょこやっていたようだが、まさかこんな所まで持ち込んでくるとは。

期限でも切られているのか、それとも見かけによらずエリー先生が厳しいのか。

と、まぁ。この光景を見ればオレたちが何をしているかは一目瞭然だろう。

そう――ダンジョン経営だ。

ここは危険な人間界。

いつ、どこからともなく、人間の冒険者がやってくるかわからない。

一瞬の油断が命とり、勇敢で命知らずな魔族たちの最前線。

交わされる会話にも自然と緊張感が漂う。

オレの貸した工具を手に四苦八苦しているリーデルへ、大事な確認をする。

「今日の晩飯ってさ」

「昨日釣ったお魚がまだありますから、焼き魚です」

最後まで言うまでもなく、オレの欲した答えが返ってくる。

別に以心伝心とかではなく、オレが口を開く時はだいたいメシの話だからな。

「やっぱり魚か。最初は良かったけど三日三晩はさすがに飽きる。リーデルは飽きないのか？」

「私は、お肉もお魚もあまり食べませんし」

そうだった。コイツは食べ物すらオシャレな生き物だ。

いつも小さな皿に盛った、果実や野菜を食事にしている。

だから、いつまでたっても細いんだよ。

「持ち込んでいる乾燥肉などは十分にございますから、今夜はそちらを調理いたしましょうか」

「そっちの方がいいな。肉はどれだけ続いても飽きないんだけど」

「ではそのように。持ち込んだパンも傷む前に食べてしまわないともったいないです。今回は港町まで距離もありますし、人間の街で新たにパンを購入するというのも難しいので、今あるだけですけれど」

「まー、ここ、無人島だしなぁ」

そう。今回ダンジョン設置にやってきたこの場所は、さほど大きくはない離島群の一つ。

オレたちが寝っ転がっている近くに、程よい洞穴があり、足を踏み入れて三歩先には白い扉がある。

言わずもがな、オレが借用しているダンジョンコアによって作られた、コアルームの扉だ。

白い室内で展開中のダンジョンコアは、今も地中から魔力を吸収している。

冷血無比、極悪非道な冒険者に発見されれば、五秒で踏破、その後の三秒で破壊されるのが確実という、危機意識の欠片もないダンジョンだが、それもここが無人島だからこそ可能な事だ。

前回はひどい目にあったが、今回は海の真ん中だ。

こんな場所で、戦闘なんて絶対に起きない。起きてたまるか。

真面目なリーデルですら、アロハや水着を準備してやってきているという時点で、今回のダンジョン設営がいかに危険度の低いものかわかる。

念のため、上陸した際は、自分たちの足で島をぐるりと一周し、危険な獣やらがいないことも確認している。

だがそんな安全と引き換えに、不便な点も多々あった。

「申し訳ありません。さすがにパンは持ってこられませんでした」

「湿気《しけ》るのが早いか、潮風にやられるか、どっちが早いかって話だしな」

リーデルが今言ったように食料の調達もそうだ。

眼前に続くのは青い海。

遠くにうっすら見える陸地には人間の港があるらしく、時折、大型の船なんかが出入りしている様子がこの島からでも見て取れる。

けれど、じゃあパン買いに行ってくるかー、と言えるほど、簡単に往復できる距離でもなければ手段もない。

人間界にやってきているのに、人間の街を利用できないというのは、勿体ない話でもある。

人間界の物品、特に貨幣は、魔界でも需要が高く、そこそこ利益が出せるのだが今回の状況ではそれも難しい。

リスクを削るほどリターンが薄くなる。

あちらを立てれば、こちらが立たず。

だがオレとしては、この程度のマイナスで安心安全を確保できるなら、迷う必要もない。

危険をおかさずともダンジョンコアに魔力が貯まり、結果的に借金が減っていく。

実に素晴らしい事だ。

一歩一歩を大事に。

だが、そうやって妥協したからと言って、他の全てがうまくいくわけでもない。

実は別の問題が発生している。

「メシはともかくさ。魔力の集まりがあんまりよくないって話、あれからどう？　また引っ越ししなきゃならんカンジ？」

設置からすでに三日が経過している為、ダンジョンコアによるマナの吸い上げは始まっている。

だがコア設置から二十四時間経過後、吸い上げ量を見た時に〝最初の島〟でリーデルが眉をひそめてこう言ったのだ。

思っていたよりかなり少ない、と。

以降、毎晩、マナの貯蓄量をチェックしているリーデルの顔は渋いものだった。

このままでは返済期限までに抽出量が間に合わないと判断し、オレたちは別の島へと移ったが、次の島ではさらに抽出量が減ってしまった。

そうして三度目に引っ越してきたこの島は、最初の島よりやや抽出量が増えた為、とりあえず腰を落ち着けることにした。

引っ越しした結果を得る為には、コアを展開するための二十四時間が必要だし、そうポンポンと場所替えをする時間的な余裕はない。

「昨晩もマナの貯蓄量を確認しましたが、この島でも吸い上げ量は厳しいものがあります。このまま推移すれば、返済日までに必要なマナの確保は間に合いますが、決して余裕はありません」

「何もなければ大丈夫だが小さなトラブルも許されない、ってカンジか」

「そうですね。もっとも、この島にはゴブリンも騎士集団もおりませんから、滅多なことはないと思います。念のため、監視もシッカリ置いていますし」

リーデルは自分の首にかけている双眼鏡をオレに見せ、さらには、オレたちのいる場所に木陰を作っている頭上の大木へ視線と指先を向ける。

見上げればその太い枝に、一方は黒色、もう一方は目に痛いほど賑やかな色をした、不思議生物がからみついている。

特徴はその大きな目玉。

体の体積のほぼ全てが眼球であり、それをおおうブヨブヨした体から何本もの触手が生えている。

その姿から、脳は？　心臓は？　消化器官は？　などと考え込んでしまうほど、これらはまっとうな生き物じゃない。

この子らは、ダンジョンコアが魔力を消費する事で生み出した防御機構の一種、ダンジョンファミリアという存在。

種によっては強力な攻撃手段を持っていたりするが、この二匹はビジュアル通り完全に監視目的のタイプ。

正式名称は汎用自立型視覚共有システムというが、誰もそんな長ったらしい名では呼ばず、通称アイちゃんと呼ばれる事が多い。

そんなアイちゃんにも様々なタイプがあるが、よく採用されるものは三種類。

最も採用率が高いのが羽を持つ、浮遊警戒型。

飛べるってだけで、得られる情報量がケタ違いだ。

また、監視対象に気取られず上を取れるというのも、形勢を有利に運べることが多い。

次に昆虫のような節足タイプで、地上や壁などを移動する、巡回警邏型。

基本的に小型で発見されにくく、移動方法も静かで隠密性が高い。森などの視線が通りにくい場所なら、監視対象を尾行するなんて使い方もできる。

最後に、触手を七、八本くらい生やして、茂みや物陰などにへばりつかせたりする、今まさにオレの頭上にいる隠密監視型。この子らだけは、別名、ぬるぬる型とか、ベタベタ型とか言われていて少し不憫だが、確かにヌルヌルだし、ベタベタするので仕方ない。

特化した性能はないが、汎用性が高く使い勝手のいいタイプで、オレたちのような小さなダンジョンならコレだ。ビジュアルを度外視してでも、リーデルがチョイスしただけある。

このように監視体制は整っているが、万が一監視しなければいけないようなヤバいのが来たらどうするか？

アイちゃんたちを投げつけるわけにもいかないし、投げつけたところであの子らに出来る事はベタつくだけだ。

というわけで、別の戦力も用意してある。

「ギリギリだろうと間に合うならいいさ。多少のトラブルなら、どうにかできる準備もある」

オレはダンジョン入口付近の海辺に泊めてある、白い布がかぶせられた大きな塊に目をやった。

「そうですね。無理に気を張り詰める必要もありません」

「おお。ぼちぼち、気張ってやっていこうな」

緊張感は大事だが、緊張しっぱなしも良くない。

「はい。ところで坊ちゃん、おかわりいかがですか？」

「あー。いただくわー」

リーデルが工具を置いて、カラになっていたオレのグラスと自分のグラスを持ってダンジョンへと引っ込んでいく。

すぐに新しく注がれた飲み物と、カットされたフルーツが盛られた皿を持って帰ってきた。

「どうぞ」

「ありがとさん」

受け取ったオレは、よく冷えたフルーツと、同じくよく冷えた果実水を口にふくむ。

「あー、うまい。普段は果物とかあんまり食わんけど、こういう所で食べるとなんか違う気がする。やっぱ景色とか、屋外の開放感とかで味って変わるもんかな」

「そうですね。ダンジョン経営さえなければ、旅行のようなものですから。いえ、むしろ今回は安全な場所ですし、旅行そのものと言って差し支えないかもしれません」

旅行と言い切るのは、さすがに気が緩みすぎだろと思うが、リーデルの事だ。

オレが過度に緊張しないように、気を使ってくれているんだろうな。

で、あればオレも同じように答えるべきだ。

「そうだな。どうせなら、思い出に残るような時間にしたいもんだ」

「ッ!?　そっ、そう、ですね！　ふたりの思い出、ふたりだけの思い出ですね！」

やたらと口ごもるリーデル。

珍しいなと思って目をやると……ん？　なんか顔が赤いな？　熱中症か？

木陰とは言え日差しも強い。リーデルはダンジョンの中で休ませるべきか？

などと考えていた時。

木の上にいたアイちゃん達が、滑り落ちるようにヌルヌルと降りてきた。

どうやらかなり慌てている様子で、オレたちの前で二匹そろって触手をワヤワヤとやりだした。

何か言いたいことがあるのはわかるが、何が言いたいかはわからん。

なんだ？　果物が食いたいのか？　けどお前たち、口がないだろ？

「坊ちゃん、あれを」

「ん？」

リーデルが双眼鏡をのぞきこみながら、海の向こうを指さした。

「お？　やばくないか、あれ」

視界がぼやけるほどの遠方で、人間の大きな船が漂っていたのだが。

「盛大に傾いているな」

「あのままだと沈みますね」

船尾がずいぶんと傾いている。浸水か何かの事故かと思いきや。

「なにあれ」

船尾の下から大きな波しぶきを立てて、大きな足が何本も現れたと思ったら、あっという間に船にへばりついた。

足の主は見た事もない化け物で、何本もある足を船にからませたり、叩きつけたりしている。

「……タコの親戚、でしょうか」

「タコって何?」

海の生物にはとんと詳しくないオレだが、リーデルはよく知っているな。さすが万能メイドさん。

「人間の海で捕れる生き物です。この子たちのような多脚で獲物を絡めとるそうです。ちなみに歯ごたえがあって美味しいそうですよ」

リーデルが、足元でワヤワヤしていた黒い方のアイちゃん、アルファの頭をつかんで持ち上げ、その触手を見せながら言う。

「良ければこちらで御覧になりますか?」

「お、ちょっと見せて」

リーデルがよこした双眼鏡をのぞきこむと、そこには赤くて巨大な軟体生物の姿があった。

丸い頭に黒く大きな目が二つあり、その下から延びる足が船を襲い続けている。

まるで悪魔のごとき異形だ。

「人間の海こえぇ! あんなもんがゴロゴロしてるのか! しかも美味いってなに? あんなバケモノ、人間達はとって食ってんの!?」

オレは双眼鏡を返しながら人間達に戦慄する。

歯ごたえがどうこうって生き物じゃねーぞ。

「いえ。普通はこの子たちよりも小さい生き物です」

リーデルが両手でつかんでいるアルファの頭部は、せいぜいオレの拳ほどだ。

それよりも小さいなら、うん、常識的な生物のサイズか。

いや、でもなぁ。あんな見た目が恐ろしい生き物を食べようとするって、ちょっと考えたくないんだけど。

「なんにせよ絶対に関わりたくないんだが。アレって地上にも上がってくるのかな」

「少なくとも、タコは陸上では生息できないと思いますが……」

陸に上がってくる事はないと信じたい。

少なくとも、この小島にだけはやってこないで欲しい。

そうこうしているうちに、タコの化け物が人間の船に完全にのしかかった。

赤い巨体が暴れるたび、何度も大きく揺れている。

あのままだと、今にも転覆してしまうだろう。

「あんなデカい船でもさすがにダメだろうな」

「……お気の毒ですが」

人間と魔族は敵対している関係だが、すべての人間が敵というわけでもない。

あの船には女子供も乗っているかもしれないし、前回世話になった商人のような善人も乗っているかもしれない。

オレとリーデルは少しだけ切ない気分で、悲しい運命をたどる船を見守っていた。

だが、その時。

「は？」

船で爆発が起こった。

いや、違った。

船にとりついていた巨大タコが爆発した。

爆発は連続して起こり、船にからみついていた巨大な足がちぎれて、宙に舞っては飛んでいく。

たまらず船から離れて海へ逃げ戻った巨大タコだが、追撃の火の玉がいくつも飛んで行き、派手な水柱をあげていた。

「船の方も警戒していたようです。しかもあの炎の魔法の威力からして相当に凄腕の冒険者、もしくは勇者クラスが乗っていたのでしょう」

「やっぱ人間ってこえーな」

あんなバケモノをあっさりボコって返り討ちとか、ちょっと意味がわからん。

というか、あれだけ高火力の魔法をバカスカ打つとか魔力無尽蔵かよ。

前に遭遇した人間の姫様も、魔法を連発してシャーリーンを完封していたし、あんなのがあちこちにいるなんて、やっぱり人間界は恐ろしい所だわ。

「……」

「……」

リーデルも同じ事を考えていたのか、しばらくすると互いの視線が同じ場所に向かう。

我らがむき出しのダンジョンの入り口だ。

風通しのいい職場、というにはあまりにも物理的にオープンすぎる。

「せめて入口だけでも、何かで目隠しした方が良くない？」

「そうですね。出入りがおっくうにはなりますが、付近に大きめの岩などを配置して、遠目からだけでも入口が見えないようにしましょうか」

「そうだな。近くを通りかかった船から見えないぐらいの用心はしておくか。万が一、オレたちが出入りしている所を見られて様子を見に来られたらマズい」

呑気に日光浴をしている場合ではなくなった。

いや、実際はあんなに遠くの出来事だ。

これまでにも何度か遠方を通る船を見ているし、この場所は航路からは外れているだろう。

用も無く、こんな無人島に誰かがやってくる事はないと思うが、ダンジョン経営というものは何があってもおかしくない非常に危険な仕事だと、前回身をもって学んでいる。

用心に越したことはない。

オレは二脚のビーチチェアを肩に担ぎ、リーデルもグラスや食器を持ってダンジョンに戻る。

先に入ったリーデルが開けてくれた白い扉をくぐると、それまでの岩肌とは違う、人工的な空間が広がっている。これがオレたちのダンジョンのコアルームだ。

白壁に囲まれた部屋の中央には、白い丸テーブルと白い椅子が二脚ある。

そのテーブルの中央には蒼い玉が埋まっており、濃淡に明滅している。

今もこうして地中から魔力を吸収しているこの球体こそ、ダンジョンコアだ。

「入口を隠せる都合のいい岩か。あればいいけどな。ちょっと島をぐるっと見てくるよ」

ビーチチェアを折りたたんで近くの壁に立てかけながらリーデルを見ると、リーデルはすでにテーブルについてコアに触れていた。

「お願いします。私もダンジョンの防衛機構を確認します。もしかしたら入口を隠蔽する機能があるかもしれませんから。とは言え、使える魔力が少ないですし、なんとも言えませんが」

「ああ、確かにそういう機能とかありそうだな」

コアからいくつもの盤面が浮かび上がる。そこにビッシリ記された文字やら数字やらを見ながら、リーデルが色々と操作し始めた。

まぁ、難しい事はリーデルに任せておけばいい。

オレはオレにできる事をやっておこう。

頭脳労働と肉体労働は、それぞれ適正ある者が行うべきである。

再びダンジョンを出たオレは、入り口付近の水辺に係留してある、白い布のかけられた巨大な塊に向かって呼びかける。

「シャーリーン、オレがいない間の監視と防衛、頼むぞ？」

オレの声に反応して『コオオォォオオ』と美しい駆動音を響かせた。

かけられていた白い布を取り除くと、その下から現れた美しいボディが陽光の下で輝きを放つ。

「ふう。相変わらずカッコ良すぎてため息しかでない」

相棒のシャーリーンの艶姿に、つい見惚れてしまう。

前回のダンジョン経営で破壊されたフレームは、師匠のおかげで完全復活している。

さらに今回は海辺という事で大幅なパーツ換装をしており、腕部は装甲を外して軽量化を。腰部から下は魚のような形態になっている。

まるで人魚のような形状で、性能も見た目通りの海上仕様だ。

前回はダンジョンの防衛力としてシャーリーンを投入していたが、今回は完全に防衛戦闘を考慮していない。

むしろ逆転の発想。

もし万が一何かに襲撃されても海へ逃亡できるよう、シャーリーンのパーツ換装を行った。

最初から防衛力を捨てて、最悪の場合はダンジョンコアを残してでも、海へ逃亡できるようにしたこのオレの選択にリーデルは渋い顔をした。

コアを喪失すれば親父の借金は返せず、なんなら親父の命もなくなり、屋敷も取られてオレは路頭に迷うだろう。

だが前回のように、リーデルの身に危険が及ぶなら話は別だ。

よって逃げの一手を最善として、シャーリーンの換装を強行した。

とは言え、それだってタダじゃない。

普通なら多額の資金と時間がかかる。

けれど、少し前に師匠のスク竜《リュー》パーツのテストを手伝っていた事もあって、その時の試作パーツを好意で貸出してもらえた。

もしパーツを破損したとしても、理由を問わず一切の請求はしないとも言われている。

ちなみに対価は運用データだけでいいという。さすが師匠だ。

「警戒もかねて、定期的に島の外周を巡回させているが、動作に問題なし。師匠にはいい報告ができそうだな」

今の所パーツにガタつきもないし、蒼球関節との結合や相性も問題ない。

蒼球関節。

これがオレの相棒が誇る、最大の特徴だ。

通常の関節機構と違い、蒼球関節最大の特徴はパーツ同士を魔力によって結合できる事にある。

結合と言っても非接触であり、その特性上、連結するパーツ換装も非常に簡単。

汎用性たるや、今回のように全体のシルエットすら変えられるほどの仕様変更も容易だ。

さらに非接触関節は、ボディなどの外装に干渉されないかぎり、全方向への可動域を誇る上、パーツ同士の摩耗がまったくないという利点もあって、ゴーレムの中でも最優機構の一つと言われている。

それほどの性能でありながら、しかしゴーレム界隈において標準ではない。なぜか。

蒼球関節は結合中、常に魔力を消費しており、供給が切れた瞬間、結合していたパーツも離脱する。

つまり待機しているだけでも、魔力を消費している。

燃費の悪さは格段で、ゴーレムに魔力を補給するゴーレムマスターの負担は、当然ながら非常に大きなものとなる。

世の中、都合のいいことだけじゃないって話だな。

オレの場合、魔力だけは人十倍以上なのでこのフレームを運用できるが、一般的にはなかなか採用できないというのが現実だ。

もっとも、オレはオレでこの魔力特化な虚弱体質のせいか、普通のオーガより体は小さく非力だし、髪も炎のような赤ではなく、控えめな夕焼け色。

ガキの頃は事あるごとに、オーガの鑑と称えられる巨漢の親父と比べられた。

その結果、引きこもりになったわけだが、何の因果か、今はその親父の借金のせいでダンジョン経営をするハメになっている。

「ま、嘆いても仕方ない。何も全額返済しなきゃならないってわけでもない。親父が帰ってくるまでしのげばいいだけだ」

そもそも借金をこさえた本人が帰ってくるか、脳筋クソ親父のお守りをしてくれている、有能な執事さんが帰ってきてくれれば、万事丸くおさまるはずなのだ。

なんなら親父はどうせ役に立たないから、執事さんだけ帰ってきてくれればいい。

ウチの執事さんはイケメンで優しく、引きこもりのオレにもコッソリ小遣いをくれるぐらいのナイスガイなインキュバス。

そして何を隠そう、リーデルのパパさんだ。

要するにウチは親子ともども、あちらの親子さんにお世話になっている。

オレとしては、大恩ある執事さんの娘さんに傷一つとて、つけるわけにはいかないと思っているが、結局、今回もこうしてダンジョン経営に付き添ってもらっている。

自分でも情けない。リーデルには一生、頭があがらないな。

「シャーリーン。リーデルの事、頼むぞ」

万が一ともなればリーデルを背に乗せて海に避難するよう、シャーリーンに命じてオレは島の中へと繰り出した。

上陸した時にもこうして危険物がないかの確認はしていたが、大きな岩なんてものがあったかどうかまで覚えていない。

あったような気もするし、なかったような気もする。

「うーん」

結局、近場をぐるりと見て回ったが、使えそうな岩やら倒木なんていう、都合のいいものは見つけられなかった。

何の成果も得られずに洞窟に戻ると、こちらの出入り口にも変化はなく、むき出しのままだった。リーデルの方もコアの防衛機能を確認すると言っていたが、良い機能がなかったのか、はたまたマナに余裕がなかったか。

警戒モードだったシャーリーンを待機モードに戻し、再び白い布をかぶせてからオレは洞窟に入り、白い扉を開けて中に入る。

「うえーい。ただいまー」

「おかえりなさい、坊ちゃん。何か目隠しになるようなものはありました？」

「いんや、何《なん》もなかった。リーデルの方は？」

「防衛機構の中に何点か入り口をカモフラージュする偽装魔法はありましたが、常時展開となると魔力消費量が大きくて。現在の魔力吸収のペースから考えるに、それらを採用すると返済期限に間に合わなくなります」

「あー、難しいとこか」

今もジワジワと周囲の魔力を吸収しているコアが蒼く光っている。

このスローペースでも返済期限には間に合うという話だ。

それゆえに、今まで溜めた分を防衛機構に使ってしまうと間に合わなくなる、というのも当然だ。

「ま、ここ数日、誰もこなかったし、近くに船が通りかかった事すらないんだ。大丈夫だろ？」

「そう願いたいですね」

もともと人気のない場所だし、遠くの海で巨大タコが暴れていたのを見てビビっただけの話だ。

用心しすぎるなんて事はないと思うが、用心のしすぎで本来の目的に達しないのでは意味がない。

結局、洞窟の入り口はむき出しのまま、オレたちは夜を迎えた。


――ダンジョン設置から三日経過【目標マナ：6／100％】

chapter1
第一章

02　暗い波間からの訪問者

「おー、風が気持ちいいな」

「そうですね」

陽も沈み切った、夜の海辺。

満月だけが静かな海を照らしている。

静かな波の音だけが流れ着くこの海岸で、オレとリーデルは夜景を楽しみながら、食後の散歩なんぞをしていた。

喉元すぎればなんとやら。

夕飯に肉をたくさん焼いてもらったオレは、その満腹感と満足感により昼間の危機感も薄れ、あんなデカい化け物がこんなエサもないような小島にやってくるわけないよな、とテーブルで軽口を叩いた。

リーデルも杞憂だと思い直していたのか同意はしたものの、万が一という事もあるかもしれません、と監視を兼ねた夜の散歩を申し出てきた。

腹ごなしにもなるしそれも良いなと思い、こうして今、並んで夜の浜辺を歩いているというわけだ。

「けど、夜の海ってちょっと冷えるな」

「ですから、その恰好では寒いですよと言ったでしょう」

オレは相変わらずのアロハと短パンだが、リーデルはアロハの上にピンクのパーカーを羽織っている。

「上だけでもお貸ししましょうか？」

「女から上着を借りる男がいるか。そもそもそんなサイズの服が入るわけないだろう。破けてもいいのか？」

「……お気に入りなので」

パーカーを脱ごうと、ファスナーを降ろしかけていた細い指が再び上がっていく。お前は何がしたいんだ。

そんなバカなやりとりをしながら、夜の砂浜をふたりで歩く。

用もなく並んで歩くなんて、初めてのような気がする。

前回のダンジョン経営の時にも、ふたりで森を歩く事はあったが、移動の為か果実を採取する為だった。

「風も心地よいですけど、月も綺麗ですね」

それに前回のダンジョン経営は、こうして風がどうとか、月が綺麗だとか、そんな他愛もない会話を交わす余裕もなかった。

そう考えると、今回は実におだやかだな。

心の余裕があれば、見慣れた月だってキレーに見えるってもんだ。

「ああ、綺麗だな」

夜空を見上げているリーデルの横顔に向かって、オレもうなずく。

月に照らされたリーデルの銀髪が、優しい夜風に流されてサラサラと輝く。

（……リーデルの髪の方が綺麗だ、なんて言ったらブン殴られるかな？）

オレの素直な感想だが、口は災いのもととも言う。

歯が浮くセリフはイケメンの特権だ。

雰囲気に流されて、慣れないことをしてもロクな事にはならない。

オレは自分というものをわきまえている。

そのままなんとなく立ち止まり、ふたりそろって暗い海を見る。

ゆるやかな波間に映った満月が、波に揺られてユラユラと形を変えながら、海の上に漂っている。

「いい夜だな」

「はい」

借金を抱えて望まぬ出稼ぎ生活を強いられているわけだが、こうして外の世界を肌で感じられるのも悪くない。

少し前までのひきこもり生活がダメだとは言わないが、自分の中で世界が広がった事を実感できる。

前回のように命がけで知見を広げたいわけではないが、これくらい落ち着いた環境なら大歓迎だ。

隣でたたずむリーデルを見る。

こんな華奢な体で、過酷なダンジョン経営につきあってくれている。

感謝してもしきれない。

オレだけでは親父の借金を前にして、きっと何も出来なかっただろう。

ざざん、ざざん、と波の音だけが耳に入る。

リーデルは黙ったまま、海の向こうを見ている。

無言のまま時間を過ごすのも悪くないが、オレはリーデルの声が聞きたくなって、こんな事を口走った。

「リーデル。こんな所までついてきてくれてありがとな」

「これもお勤めですから」

「お勤めねぇ？　ここにいるのは、屋敷をとられそうな借金貴族のボンクラ息子だぞ？　今後の給料だってあやしいもんだ」

「そうならないよう、微力を尽くします。ですから坊ちゃんは何も心配いりません。何があっても私がお守りしますから。この命にかえても……は言いすぎですか？　ふふ」

それまでお仕事モードでキリっとした顔だったのに、オレを安心させるかのように、最後に微笑んだ。

お姉ちゃんぶってたガキの頃、オレの面倒を見てくれていた時の笑顔のようで懐かしく感じる。

「リーデルには昔から頼りっぱなしだなぁ。本当は男のオレがそう言わなきゃいけないところだ」

「では、言ってみて下さい」

は？

「私が今、坊ちゃんに言った事を、私に言ってみてください」

「オレが言ってもカッコつかないし、スベるだけだって。絶対に笑うだろ？」

ああいうスカしたセリフは、美男美女だけに許される特権だ。

「ふふ、笑いませんから」

「いーや、お前は絶対に笑う。ほら、もう、なんか笑ってるし」

「笑いません。約束します。ですから言ってみて下さい」

真剣な顔で迫られる。

なんでこんなに目に力入ってるの、この子。

迫力におされ、ついオレはうなずいた。

「い、一回だけだぞ？」

「はい」

「リーデル……」

「はい」

うっ、緊張する。お遊びだってのに、なんでそんなに真剣に見つめてくるんだよ。

「お……お前は、オレが命をかけて守る」

なーんてな、と最後に照れ隠しで付け加えようとしたのに、リーデルがオレの手を取った。

「ええ、信じています」

「ちょっ？　お前、今のは、その……」

他愛も無い冗談というか！　いや、ウソってわけじゃないけど言葉遊びだろ？

うろたえるオレだが、リーデルはかまわずオレの胸元まで迫ってくる。

「坊ちゃん。私は本当に感謝しているんです。あの時、私の事を……身を挺して守ってくださったでしょう？」

「あの時？　ああ、あれか」

先日のダンジョンで、姫騎士相手に自爆戦法をとった時、リーデルをその爆発からかばった事か。

「アレは！　その！　ほらっ、オレは体だけは頑丈だから……そもそも、お前をあんな危険な目にあわせちまったのはオレだ」

むしろリーデル、お前は危ない目に遭わせたオレを怒ってもいいと思う。

「だとしても。あれほど傷だらけになってまで、ただのメイドを命がけでかばいますか？　もし、それが私ではない、他のメイドだったとしても、同じように守ってくださいましたか？」

「そ、それは……」

言葉に詰まる。

どうだろうか。いや、もちろん守ったに違いない。

ウチにはリーデル以外にメイドさんどころか同居人もいないが、いつも自分の事を面倒見てくれて、こんなところまでついてきてくれるメイドさんであれば、守らないはずもない。

――ただ、逆に言えば。

「ならオレも聞くがな。普通のメイドが借金を抱えた世間知らずの引きこもりのために、人間界にまでついてきて一緒にダンジョンなんてやってくれると思うか？　そもそも、リーデルはなんでオレなんかのためにそこまでしてくれるんだ？」

「そっ、それは、その……」

オレの胸の中から離れるように、一歩、二歩と下がるリーデル。

「……」

「……」

なんとも言えない雰囲気の中で、夜の波音だけが無言のオレたちの間に揺らめく。

どちらともなく目をそらし、また横並びになって夜の海を眺める。

オレは、いつも面倒を見てくれるメイドだから、あんな風に自分の身を盾にしたのか？

それともリーデルだから命がけで守ろうとしたのか？

ああ……きっとそうだ、リーデルだから。

同じ屋根の下で暮らすリーデルだから、考えるまでもなくそれが自然だと思って体が動いたんだと思う。

リーデルを姉として、妹として、家族として、無意識にかばった。

いや、それとも、オレは……？

不意にリーデルがオレの腕にそっと触れた。

ドキリとする。

な、なんだ？

オレはリーデルを見る。

リーデルの視線は……しかし、オレではなく海に向けられたままだった。

「坊ちゃん、アレ、なんでしょうか？」

「ん？」

その先を見れば、波間にゆらめいて何かが浮かんでいるように見える。

「んー……？」

目をこらすが、なんせ頼りが月明かりしかない。

確かに何かが浮かんでいるようだが、それが何かまではわからない。

「漂流物でしょうか？　昼間、船が襲われていましたし」

あー、その可能性はあるな。

船は無事だったようだが、あんなバケモノにのしかかられればあちこち破損するだろうし、その破片が流れ着いてもおかしくない。

ふたりしてジッと目を凝らす。

漂流物にしては波に流されるでもなく同じところに留まって……いや、こちらに近づいているような気がする。

そしてそれは間違いではなかった。

ゆっくりだが確実にこの島へ向かってきている。

大きさはオレの拳ぐらいの丸いもので、上に海藻のようなものが絡みついている。

いや、違うな。海藻じゃなくて、アレはまるで……。

「坊ちゃん」

「な、なんだよ」

「そう言えば、私……夜の海にはおぼれ死んだ船乗りの亡霊が、暗い海の底から這いあがってくるという話を聞いたことがあります」

「なんで今言うんだよ！　なんで今思い出すんだよ！　心の中で必死にその可能性を否定してたのに台無しだよ！」

「だ、だって、どう見てもあれって……ひッ!?」

リーデルが指さしていた先の漂流物が、波を立てながらすごいスピードで島に接近してきた。

ぼやけていた輪郭が、しだいにハッキリしていく。

まさに目と鼻の先となった時、オレたちはソレと目が合った。

ソレはまごう事なく——生首だった。

「きゃあああ！」

「きゃあああ！」

オレとリーデルの悲鳴がハモる。

リーデルパパからガキの頃に喰らったお仕置き以来、オレたちにとって生首はトラウマだ。

「に、に、逃げるぞ！　走れ！　転ぶなよ！」

「は、はいっ！」

しかしお約束か。

「きゃん！」

砂浜に足をとられて転んでしまう！

オレがな！

「ぼっ、坊ちゃん！」

「行け、オレにかまうな、お前だけでも！」

「そんな！　坊ちゃんを置いて行けません！　命にかえてもお守りすると誓ったんです！」

「それはオレだって同じだ！　オレを置いて早く行けぇ！」

「できません！」

「リーデル！」

「坊ちゃん！」

ひしっとオレをかばうように抱き着くリーデルを、逆に強く抱きかかえる。

へたりこんだオレたちに向かい、生首が波をかきわける音がする。

ついには海岸に乗り上げた生首が、ザバッと派手な波しぶきをあげて――立ち上がった。

「ひいい！」

「イヤァ！」

悲鳴をあげて抱き合うオレたち……ん？　立ち上がった？

恐怖でつむっていた目を、なんとかこじ開けて生首を見ると。

「取り込み中すまない。オーガ殿とお見受けするがこの島の主だろうか？　身を休めるべく、しばし邪魔をしたいのだがよろしいか？」

海辺には何者かが立っていた。

生首と思われていた顔の下には、ちゃんと首があり、胴体もあり、手も足もあったのだ。

「私に敵意は無い。良ければ火などを借してもらえると、ありがたい」

両手をあげたシルエットが、そのままゆっくり歩いて来る。

声からして女性だろうか？

暗い海を背景にしている上、月が逆光になっていて顔もハッキリしない。

するとリーデルが、オレをかばうように前に出て声をあげた。

「そこで止まってください。貴女は何者ですか？」

「見てわからんか？　ご覧の通り人魚だ」

……人魚？

オレとリーデルが顔を見合わせる。

二本足で堂々と歩いてこられて、御覧の通りも何もないだろう。

「ああ、この足は人魚族に伝わる魔法で変えてある。陸地では泳げんからな」

ペシペシと脚を叩きながら、自称人魚の不審者が近づいて来る。

と、ここでリーデルが血相を変えた。

「止まりなさい！」

さっきよりも強い制止。

どうしたのかと驚くオレをよそに、リーデルは自分がアロハの上に羽織っていたパーカーを脱ぎながら、人魚に走り寄った。

「裸ではないですか！　何を考えているのです!?」

「何を、と言われても。私はさきほどまで海で泳いでいた人魚だぞ。貝殻のビキニでも着けろと？」

アレは人間達の作り話だ」

「そうではなく！　坊ちゃんの前……いえ、男性の前では体を隠すなりの配慮をしてくださいと、申し上げているんです！」

「普段であればそうするが、今回は偶発的なものだ。いや、それは私の都合だな。謝罪する、申し訳ない。この服はお借りりして良いのか？」

「……ええ、どうぞ」

リーデルの言葉に納得したのか、人魚は差し出されたパーカーを羽織り、こちらを見た。

「では改めて。そちらのオーガ殿、話を聞くにこの女性の主人だろう？　この島の主でもあるのか？」

パーカーのファスナーをリーデルに閉められながら、人魚がオレにたずねる。

「リーデルの主人ってのは間違いない。だが、もしこの島に主人なんて者がいれば、オレも挨拶しなきゃならん身だ」

「ふむ、であれば互いにこの島に身をよせる客人か。さしずめ貴殿等は先客というわけだ」

「そうだな、それがシックリくるよ」

「であれば話を戻すが、同じ客人のよしみで火などを借りられんか？　あいにく礼になるようなものは持ち合わせていないが」

まさに身一つで海から出てきた人魚だしな。

唯一、右の手首に、えらくカッコいい銀色の腕輪をしているが、持ち物はそれだけだ。

得体は知れんが、これまでの様子から敵というわけでもないだろう。

少なくとも、オーガと見て斬りかかってくるような、野蛮な人間の姫さんとは違うようだ。

それに人魚なんていう珍しい種族と知り合える機会は、そうそうない。

そんな物珍しさをともなって、オレはリーデルに視線を向け、無言で可否を問いかける。

リーデルは少し考えた様子の後。

「かしこまりました。では、あちらの洞窟へどうぞ。火はありませんが雨風はしのげますし、毛布でよければお貸しできます。軽食などもご用意しましょうか？」

「おお、それは助かる。実は腹も減っていたんだ」

え、ダンジョンの中？　リーデルの話しぶりからコアルームに迎えるのか？　と思ったものの、この屋外で手を貸すにしたって、毛布やら軽食やら用意するならダンジョンの事はバレるな。

ならいっそ、いろいろと揃ってるコアルームの方が早いか。

しかし、若い女性にしては話し方が堅苦しいが、人魚の風俗や生活習慣なんてまったく知らんし、

これが彼女らの普通なんだろうか。

＊＊＊

「ほう、オーガ殿は、この小島でダンジョンをやられているのか」

洞窟の中にはありえない、白い部屋を見て驚く人魚。

簡単に事情を説明したところ、とても嬉しそうな反応が返ってきた。

「武勇伝などで伝え聞く、ダンジョンのコアルームに招かれたのは初めてだが……ふむ、華美な部屋なのだな。今夜は獲物を逃がした挙句、荒波にのまれてこんな遠方まで流され災難だと思ったが、このような機会に恵まれるとは。人の縁《エニシ》とは、どう繋がるかわからぬものだ」

毛布にくるまったまま、リーデルお手製のサンドイッチをほおばり、人魚は楽し気に何度もうなずいている。

「喜んでもらえてなによりだが、勝手にあちこちに触れるなよ?」

それを見ながらコーヒーを飲んでいるオレ。

このコーヒーってのは見た目が真っ黒で、とても飲み物とは思えない液体なんだが、最近になって大魔王様のお膝元の首都で流行り始めた飲み物らしい。

シャレオツメイドのリーデルが、どこぞから早速手に入れてきたのだが……うん、苦い。

「それにこのコーヒーとやらは初めていただくが、見た目も夜の海のように美しいし、なんともいえぬ深い香りが良い。奥方様の趣味か？　いただいている料理も旨いし、オーガ殿は実に良い伴侶を得られたのだな」

　人の嗜好はそれぞれか。それはともかく。

「お、奥方、など！　とんでもありません！」

　奥さんなんて呼ぶから、リーデルの顔が真っ赤じゃねーか。めっちゃ怒ってるぞ。

「ん？　違うのか？　すまない、ふたりの雰囲気からそう思っただけだ」

　おい人魚やめろ。それ以上リーデルを刺激するな。

　オレは焦りながらも、それを顔に出さないようにして話題を変える。

「で？　アンタはこれからどうするんだ。軒先を貸すのはかまわんが、お食事つきでご連泊っていうなら金とるぞ？」

　別に本気で金をとるつもりはないが、コアルームに他人が長居するというのは、やはり落ち着かない。

　一晩休んだら、礼の言葉でも頂戴してサヨナラしたいところだ。

「そこまで厄介になる気はない。今夜だけでも世話になれれば十分だ……が、ふむ？」

　最後まで言いかけて、その終わり際に人魚が何やら考え込む。

「魔族の中でも屈強で鳴らすオーガ族にとって、静かな島の夜は退屈だろう？」

「何が言いたい？」

「オーガ殿は何のためにダンジョンをやっている？　武名の為？　修行の為？　なら、陸では味わえない娯楽がてら、私の話を聞いてみないか？」

「……確かにヒマはあるし、話ぐらいは聞いてやる。なんだ？」

　ダンジョンは金儲けの為だが、なんとなくそれを言える雰囲気でもない。

それに人魚が持ち掛けてきた話にも、少なからず興味を覚えたため、オレは先をうながす。

「その太い腕を見込んで頼みがある。わずかばかりだが報酬も用意する。とは言え、後払いになってしまうのは承知して欲しい」

「荒事か？　厄介ごとなら遠慮するぞ？」

「下手な冗談だな。オーガという勇猛な種族は、常にその剛腕をふるう機会を待っていると聞いている」

「同族の大半はそんなカンジだが、見ての通りオレは頭脳派の平和主義者なんでね」

オーガ全体が脳筋というこの風潮。

実際、間違っていないだけに、心も筋肉も繊細なオレとしては肩身が狭い。

「本当に強い者は、言葉で自分を大きく飾らないのさ。ちなみに私は、強者を見抜く目に自信がある。私が見る限りオーガ殿は死線を潜り抜けた猛者だろう？　どうだ？」

死線をくぐったと言えば聞こえはいいが、運よく死に損なっただけだ。

勝手に期待されて、勝手に失望されても迷惑だぞ。

「あまり乗り気ではないみたいだな。話を聞くだけはタダさ。その上で退屈な話と思ったら断ってくれていい。私は今夜だけ厄介になって、朝には海に帰るよ」

コアが蒼く輝くテーブルにチラリと目を向けるオレ。

現状、魔力の抽出量が心もとない状態だ。

人魚の言う報酬ってところが実に気になる。

「長くなる話か？　おかわりはいるか？」

「いただこう！　このコーヒーとやらは実に美味い！」

すげーな、苦くないのか。

「リーデル、人魚におかわりをやってくれ。あとリーデルもコッチに来て、一緒に話を聞いてくれ」

「ん？　奥方、もとい、女中殿も一緒か？」

戦力外では？　という目で人魚がリーデルを見る。

「勘違いするな。リーデルはメイドだが、片手間でダンジョンコアの管理もできる優秀なパートナーだ。彼女がいるから、オレはふんぞり返っていられる」

「謙遜も過ぎると鼻につく、と言いたいが、女中殿が優秀な補佐という事も、私の目は見抜いているぞ」

完全な節穴でもないようだが、オレなんかを猛者と言っている時点で、どのみちアテにならん。

リーデルは人魚の前で空になっていた皿とカップを下げ、コーヒーの入った新しいカップを渡してから、オレの後ろに立った。

チラリと見た顔は赤いままだった。まだ奥様呼ばわりされた事を怒ってるらしい。

こういう時はアレだ。

リーデルパパいわく、怒った女性は褒《ほ》めて機嫌をとるか、それ以上刺激しないようにそっとしておけ、と言っていた。

無論、褒めて機嫌をとるなんて高等技術を持ち合わせていないオレは、後者を選ぶしかない。

なるべく目を合わせないようにしていたが、リーデルが背後から声をかけてきた。

「ぼ、坊ちゃん、お飲み物のおかわりいかがですか？」

「んあ？　いや、まだ残ってるから。ほら」

「さ、左様ですか」

苦いからね。そんなぐいぐい飲めないんだよ。

オレは背後のリーデルに向かってかかげたカップを、そのまま人魚へと向ける。

「さて。そろそろ、その頼みってのを聞こうか？」

「ふふ。やはりオーガ族だな。気のない振りをしても、戦いとなると気が逸《はや》るんだろう？」

人魚もその手にしていたカップをかかげ、歯を見せて不敵に笑う。

戦いに気は逸っていない。些少《さしょう》の報酬とやらが気になるだけだ。

「では聞いてくれ。簡単な話だ。群れの族長でもある私の母が、人魚特有の病にかかってしまった。治療法は簡単。魔力を多く持つ獲物を手に入れ、病人に食べさせるだけだ」

「……ふうん？」

「……お母さま、ですか」

オレとリーデルは、無言で目を合わせて考える。

要するに、栄養のある食事を与えるって話か。

オレが風邪をひいた時、リーデルがいつもより肉を多く盛ってくれるのと同じだな。

「で、その魔力を多く持つ獲物ってのを、一緒に探せばいいのか？　大きな魚とかが目当てか？」

「察しが良くて話が早いな。その通り、それを手伝って欲しい」

「魚釣りってんなら、針にエサをつけるぐらいはできるぞ？」

「わかりやすく言えば魚釣りには違いない。獲物が大きくなるだけでやる事は同じだ」

「ちなみに、どれくらいデカい魚を狙うんだ？」

「オーガ殿よりも大きいかもしれん」

マジでデカいな。

「それを仕留めるため、ちょっとした手伝いが欲しい。あと、仕留めた後は、内臓を取り除いて腐敗を防いだり、軽くして持ち帰りやすくもしたい。頼み事といえばそんなところだな」

確かに獲物が人魚本人より大きいなら、解体や調理の手伝いも欲しいだろう。

防腐や軽量化の処理もあるようだ。オレには無理だぞ。

リーデルに、できる？　と疑問を乗せた目をやると。

「私でよろしければ」

さすがリーデルさん、即答だ。

イノシシすら捌けるメイドさんは、デカい魚類にも精通しているようで実に頼りになる。

人魚もそれを見て感心したようだ。

「さすが私の目にかなった女中殿だな」

「言ったろ？　有能なんだよ」

「重ねて詫びよう。そんな有能な女中殿の主人であるオーガ殿は、なお優秀であろうし、期待しているぞ？」

ヤブ蛇った。

しかし人魚の態度に嫌味とかはまったく感じない。本気の期待だ。

繊細なオーガは、そういうプレッシャーに弱いんだぞ。

「では具体的な話に移ろう。女中殿もイスを持ち寄られて近くで話を聞いてくれ。そこでは話が遠いからな」

「そうだな。リーデル、コアのとこからイス持ってきたら？」

「ではそのように」

背後に控えていたリーデルが、コアのはまったテーブルセットからイスを持ってきてオレの横に座る。

なんかえらい近いな。

「やはり夫婦のようにも見えるな。ん？　なぜ私をにらむ、オーガ殿。照れ隠しか？」

やめろっちゅーに。ほら、またリーデルが怒り出したぞ？


——ダンジョン設置から三日経過【目標マナ：7／100%】

03　海からの依頼人

「それで？　お目当てのデカい魚ってのはどこにいるんだ？　お前さんが潜って探すのか？」

「獲物については目星をつけている。というより、すでに手負いにしてある」

「なんだ、もう一戦やりあった後なのか？　……ん？　手負いって事は逃がしたのか？」

「ああ。一族に伝わる槍を打ち込み、あと少しというところで獲物とともに嵐に遭遇してな。恥ずかしながら気を失った。その後、潮に流されたのか、気づけばこの小島の近くに浮いていたというわけさ」

ため息とともに、肩をすくめる人魚。

そうしてオレたちと、生首姿で出会ったわけか。

「よく溺れなかったな……って、人魚か。で、その手負いの獲物ってのは、逃がしちまったんだろ？

この広い海をあてもなく探すのか？」

「ヤツも嵐に飲まれていたからな。同じ潮に乗せられてこの近くにいるだろう。そして今は傷ついた体を癒すため、喰らう獲物を探しているはずだ。よって、そこをおびき寄せる。言っただろう、魚釣りのようなものだと」

「あー、なるほど。エサで釣るってわけか。まさに魚釣りだな。それで、そのエサってのは？」

「人魚《私》だ」

「ん？」

「魔魚は常に魔力の豊富なエサを欲している。魔魚にとって人魚は最高のエサであり、我々人魚にとって魔魚は天敵でな？　だからこそ、狩るべき獲物としてふさわしいのだが」

待て待て、今、イヤな単語がさらっと出てきたぞ？

「魔魚？　ただのデカい魚じゃないのか？　それに人魚がエサってもしかして……」

なんだろう、イヤな予感がする。

「大きな魚には違いない。単に人魚を好んで食らうというだけだ」

「は？　人食い魚かよ!?」

「人より大きな魚であれば、人を食らっても不思議ではなかろう？」

そう言われるとそうなのか？　あまりに平然と言われると、そういうものかと納得してしまう。

「それに人魚の天敵だって？　お前さんも腕に自信がありそうだが、それより強いってことか？」

「ヤツは魔魚だ。魔物ほどではないにしろ、普通の生き物の範疇外。与えた手傷は浅くないが、蓄えた魔力で傷を癒している事だろう。オーガ殿は魔魚を見た事はないか？　陸で言えば魔獣のたぐいと同じだが」

「あー、なら魔力を求めるのも道理だが」

魔物ほどではないにしろ、魔獣ってのは恐ろしい存在だ。

魔獣と魔物の違い？

魔獣はまっとうではなくなった生き物で、魔物は最初から生き物ですらない化け物だ。

魔物には、脳や心臓が存在していないのに生命活動（？）をしているタイプもいるのだから、それを生物とは言えないだろう。

スライムなんて、実にわかりやすい例だ。

生物を体内に取り込んで捕食するあの透明な体には、脳や心臓といった器官も内蔵も存在しない。

そして人間だろうが魔族だろうが、動くものを補足すれば襲い掛かってくるし、意思疎通など到底できない危険な存在だ。

一方、魔獣ってのは、本来はまっとうだった生き物が、魔力を得た事によって、まっとうではなくなった生き物だ。

人魚が今言ったように、魔力によって傷を癒したり、本来の形にそって筋力や敏捷性が著しく向上していたりするが、魔物との大きな違いは殺せばちゃんと死ぬ事。

とは言え、好きで相手をしたい相手ではない。

魔獣は例外なく凶暴性が増している。魔魚も……そうだろうなぁ、いやだなぁ。

あー、やっぱり関わりたくなくなってきた。

ただの人食い魚でもおっそろしいのに、魔獣、いや魔魚なんて相手にしたくない。

あと、そんなのを相手にして、自分をエサにしようとする物騒な人魚とも仲良くしたくない。

今夜は泊まってもらっても、明日にはサヨナラするのがいい気がする。

だが……報酬の話だけは聞いておきたい。

テーブルで明滅するコアが吸い上げているマナの数字は、今も心もとない。

そんな切羽詰まった事情もあって、ついチラチラと人魚を盗み見てしまう。

「ふむ、隠していてもわかるぞ。魔魚と聞いて高揚しているな、オーガ殿？　そう熱い眼差しで話の続きを求められると、私も嬉しくなってしまうよ」

及び腰になりながらも、報酬に未練があるオレの態度を高揚と勘違いするあたり、やはり人魚というのは感性と情緒が戦闘方面に極振りなのだろうか。

いや、単にこの人魚の目が、節穴なだけかもしれない。

「いやいや、そんな事はないさ。それほどの獲物を相手どるんだ。きっとお前さんからの報酬も、さぞ期待できるのかな、と思ってな」

「ああ、報酬。そう言えばそういう話だったな。ふふ、オーガ殿は実に慎み深い。血と闘争を求めるのを恥じらう、淑女のような言い訳を欲するのだな」

どうやら人魚の淑女というのは、オレの知る淑女と決定的に違う存在らしい。

つまり、残念ながらこの物騒さは個性ではなく、人魚族共通のようだ。

「報酬の話だが、群れに戻れば人間の沈没船から引き上げた財貨が転がっている。金貨や宝飾品といったものだが、それを……うむ、そちらの箱に入るだけ詰め込む、でどうだろうか？」

人魚の視線の先には、この島にシャーリーンを運んできた時の木箱がある。

控えめに言ってかなりデカい箱だ。

そんな箱に財宝を、いっぱいに、だと？

「……坊ちゃん」

すぐさま小声でリーデルが呼び掛けてくる。

「リーデル、どう思う？」

「本当であればそれだけで今回の目標金額を上回ります。いえ、どれだけ安く見積もっても、二回分の返済金額は確保できるでしょう」

「……マジか」

実に魅力的な報酬を提示され、オレの心が揺らぐ。

現状ギリギリのマナ抽出を続けるダンジョンコア。

何かアクシデントがあれば足りなくなるだろうという、綱渡りに近い状態。

一方で、人食い魔魚が相手とは言え、すでに手負いの獲物を釣り上げるだけで返済二回分の報酬。

揺らぐ。

今のまま、危険はないが、何かの拍子に失敗となる無人島ダンジョン生活を続けるか。

ちょっと危なさそうだが二回分の報酬が得られる、人食い魔魚を釣る手伝いに挑むか。

悩む。

悩みに悩んで。

もうちょっと、詳しいお話を聞くことにした。

「ちなみにオレたちの役割はどんなカンジだ？　具体的な仕事内容は？」

「私が歌い、獲物を引き寄せる。そこをオーガ殿が奇襲。うまくやれば挟み撃ちにもできるだろう。

望むのなら役割は逆でも良いぞ。エサ役になるなら歌えねばならないが、そっちの方はどうだ？」

「歌で？　引き寄せる？」

「言っただろう、人魚の天敵と。人魚の歌にひかれてアレはやってくるのさ」

「ああ、なるほど。人魚が歌うっていうのは本当なんだな。それで船を誘って沈めたりするんだろ？」

物語の本や吟遊詩人の詩で伝え聞く、人魚の特技と性質。

だが人魚は眉をひそめた。

「それは誤解だ。我々は船を誘って沈めたりしない。歌にひかれてやってくるのは、魔魚だけでは
なく人間も同様だ。人魚の肉を食えば不老不死になれる、そんな噂のせいでな」

「あー、それも聞いたことある」

それも本や歌で耳にしたもので真偽は定かじゃなかったが、人魚本人が否定するあたり嘘なんだろう。

「面倒な事だ。我々が歌うだけで勝手に寄ってくるんだ」

「歌わなければ良いんじゃないか？」

原因がわかっているんだから、歌わなければ危険を呼び込むことも無いはずだ。

しかしそれを聞いた人魚は、驚きに目を見開いた。

「オーガ殿はとんでもない事を言うな？」

「ダメなのか？」

なんかマズい事言ったかな？

「我々は人魚だぞ？」

「あ、ああ」

「人魚が歌を歌わないとどうなるか知っているか？」

「い、いや、知らない」

「死ぬ」

「は？」

「死んでしまう。特に満月の夜などは、夜を徹して歌い続けないと、衰弱して死ぬ」

マジかよ。いや、歌わないと死ぬってどういう理屈だ。

「そ、そうなのか。ちなみにどうして？」

「海は美しいだろう」

「ん？　あ、ああ、そうだな」

わからんこともない。荒れた海は怖いが、静かな海は綺麗だと思う。

だが話の脈絡がわからない。そういう話だっけ？

「満月も美しいだろう」

「まぁ、嫌いじゃない」

満月の夜は特に美しいと思う。

「ならば、それを讃えて歌わねばならんだろう？」

「……んー？」

それはどうなんだ？　讃えて歌いたいという欲求は詩人なんかにはあるかもしれないが、歌わなければならないというほどか？　とオレは首をかしげる。

「なんだその顔は？　海や月に限ったものではないが、オーガ殿とて心の琴線が震えた時、自然と歌ってしまうものだろう？」

オレが口ごもったのを見て、人魚が首をかしげた。

先に首をかしげていたオレと、斜め同士になって目が合う。

「いや、あんまりそういう事はないかな？　鼻歌ぐらいは出るかもしれんが」

「なんと。種族の文化の違いか。ともかく我々人魚は歌う事を我慢させられると、不満と憂鬱と鬱憤が溜まり、それが心の中で膿んで腐って死ぬ」

……要するに、歌わないとストレスで死ぬのか。

兎でももう少し精神的にタフだぞ？　物騒な種族かと思えば、心はやたらと繊細だな。

大丈夫か、この種族。よく今まで絶滅しなかったな。

「つまり人魚からすると、厄介事を引き寄せても、歌うのを我慢するよりはマシってわけだ」

「歌にひかれて襲ってきた相手を、返り討ちにするのは娯楽の一つだ。その相手が人間だろうと魔魚だろうと、先に仕掛けてきた相手に、加減も遠慮も容赦も必要ない」

どうだ、と言わんばかりの満足気な顔でカップのコーヒーをすする人魚。

うーん、これは降りかかる火の粉を払っている、と言っていいんだろうか。

いや、やってる事は、相手の欲を刺激して誘い出してるようなものだし、自覚がないぶん罪悪感もないから余計にタチが悪い。やっぱり物騒だわ、この種族。

歌うのを我慢させて、ストレスで滅んだ方が世界平和の為じゃないか？

ともかくオレたちが釣りの手伝いをする場合、エサになったこの人魚に引き寄せられた、デカい魔魚を不意打ちでもして仕留める、という事か。

うーん。コレ、どうなんだ。危険度と報酬額、見合ってるカンジ？

こそっとリーデルに耳打ちする。

「どう思う？」

「判断が難しいところですが、決して悪い話ではないと思います。最悪、逃げる事もできますでしょう？」

ああ、なるほど。ヤバくなったら逃げが打てるのか。

その場合、エサとなるこの人魚がどうなるのか、という話なんだが……。

というかこの人魚は、その可能性を考えているのだろうか？

いや、出会ったばかりのオレたちにこんな命がけの話を、一緒に散歩でも行こうみたいな誘い方でしてくるんだ。あんまり深く考えていない気がする。

生き急いでいるというより、生き方そのものが危なっかしい種族だ。

いや、たまたまこの人魚がそういう性格なのか？


——ダンジョン設置から三日経過【目標マナ：8／100%】

04　鳴り響く警告音

オレとリーデルが、コーヒーにご満悦な人魚に聞こえないように内緒話をしていた時。

ピーピー、と、やや控えめな音量ながらも、コアルーム全体に響く高い音が鳴った。

「お？」

「あら？」

コアテーブルで蒼く輝いている、ダンジョンコアからのものだった。

「なんだ？」

「見てまいります。緊急警報ではありませんから、何かの不具合かと思いますが……」

リーデルがオレの隣から立ち上がり、コアテーブルに向かう。

すでにコアの上には半透明のディスプレが浮かび上がり、数字や図形がたくさん並んでいる。

それを前にしたリーデルはしばらくの間、首を右へ左へとかしげていたが、やがて。

「坊ちゃん！」

「うわ、ビックリした！　なんだよ？」

「マナ抽出がストップしています！」

「は？」

「もともと少ない量ではありましたが、数時間ほど前から抽出量が激減……今や完全にゼロになっています！」

「はぁ!?」

オレは慌ててリーデルのところへかけよる。

「こちらの数値です。昨夜まではこのように、少ないながらも一定量の抽出ができていました。ですが、今や完全なゼロです」

リーデルが指す数字の推移は確かにその通りで、オレたちのあずかり知らない何かが起きているようだ。

これがもし陸地で起きた事であれば、大きく二つの可能性がある。

その一、同業者が近くでマナ抽出を始めた。

ダンジョンコアのタイプにもよるが、オレたちと同じく地中から魔力を吸い上げて抽出するタイプは、水源を同じとする井戸のように奪い合いになってしまう。

だが、これであれば話し合いで解決だ。

相手がよほど面倒な性格でない限り、基本的には先客が優先されるのが暗黙のルール。

これを荒らすようだと、同業者から総スカンを食らってしまう。

「周囲にコアの反応とかない？　近辺のコアを対象にトークで呼びかけてみるとか？」

「すでに試しましたが反応はありません。それに同業者であったとしても、この急激な枯渇は考えにくいかと。減少速度が異常です」

「んー。なら、ほかに考えられる事は……」

イヤな可能性が脳裏をよぎる。

「オーガ殿？　どうかしたか？」

慌てるオレたちを見ていた人魚が、口をはさんできた。

あまり実情を知られたくないが、オレたちの知らない事を知っている可能性もある。ちょっと聞いてみるか。

「例えばなんだが。一帯の地中から魔力が枯渇する、そんな現象を知ってるか？」

「ああ、海ではまれにそういった場所に遭遇する。魔力を必要とする存在が、周囲の魔力を吸い上げている時に起こる。それがここに起きているのか？　海に出れば肌でわかるが、確認した方が良いか？」

肌でわかる、か。

人魚のカンってヤツか。いや、海で生きる以上、生存本能として備わっているのか？

「ちなみに、海でそういう魔力を必要とする存在ってなんだ？」

「海でも陸でも違いはないと思うぞ。魔物さ」

やっぱりか。もったいつける事すらせず断言しやがった。

「傷を負っている魔物など、まさにそれだな。体を癒すために周囲の魔力を積極的に取り込む。手段は魔物によって異なるが、海の魔物の多くは、海底にへばりついて吸い取る事が多い。魔獣や魔魚も捕食した獲物から魔力を補うが、それと同じことを大地と海で行っているだけだ」

つまるところ魔力を必要とするような手負いの魔物が、この島の周囲にいるって事だが、この島は、そしてこのコアルームは大丈夫なんだろうか？

「だが陸地にいる限り、海の魔物に襲われることもなかろう。人魚も魔魚が相手であれば喜び勇んで立ち向かうが、魔物相手では分が悪い」

「お前さんでもか？」

「功名に駆られた蛮勇は恥ずべきものだぞ。愚か者のひとり歩きが、群れを道連れにする事だってある。魔物とは戦うべき相手ではなく、避けるべき災害だ」

人魚とは、血気盛んな戦闘民族だと思っていたが、無鉄砲ではないらしい。

それに安堵できる情報も得られた。

魔物といえど、海のものであるならば、陸地は安全地帯らしい。

「しかし、傷を負っている魔物ねぇ」

陸の魔物ならスライムを筆頭にいくつか知っているが、海の魔物となると想像もつかん。

「坊ちゃん、それって今朝の……」

「ん？　……ああ、アレか！」

言われて思い出す。

まさに今朝、魔物としか思えない巨体のタコが、その足を派手にぶっ飛ばされていた光景を見た。

デカいだけのタコではなく、魔物だったわけだ。

言われてみれば納得だ。あんなバカでかいタコが、まともな生き物であってたまるか。

「オーガ殿。その顔、心当たりでも？」

「今朝の事だ。ここから遠方の海で、人間の大型船が同程度の巨大なタコに襲われていた。尋常な大きさじゃないと思ったが、アレは魔物だったかもしれん」

「ふむ。人間の大型船を襲う魔魚の類はいるが、大型船と同じ大きさとなるとクラーケンという魔物だな。形状はタコだったりイカだったりするが、共通するのはその大きさだ」

人魚がイヤそうな顔をする。

「人魚が束になってもアレには勝てないか？」

「クラーケンなんぞ、まさに動く災害だよ。それとも陸の戦士は、嵐や竜巻に向かって剣を振り上げるのか？」

「他人は知らんが、オレなら家にこもって通り過ぎるのを待つ」

「海だってそれは変わらない。しかしそのクラーケンが魔力を吸い上げるとしても手負いならばの話だ。そもそもアレが傷を負う事など滅多にないし、襲われた人間の船も沈められたのだろう？」

どうやら人魚は、アレの大きさと強さを知っているらしい。

それならば、襲われた船がイチコロだったと思ったのも無理はないが。

「いや、そのクラーケンとやらな？　デカい足で船を襲った時、人間から火炎系か爆発系の魔法で反撃を食らって、何本も足が吹き飛ばされてたぞ。それで分が悪いとみたか、退散していったな」

「な……」

人魚がぎょっとして言葉を失った。

「いや、にわかには信じられん。人間の船にそんな魔法使いが乗っていたという事か？」

「人間だって強いヤツはいる。オレもつい最近ひどい目にあわされたが、その時の相手ならあれくらいやりかねん」

姫さん、強かったからね。

彼女は風と氷の魔法を使っていたが、同程度の実力者ならあの巨大タコの足くらい吹き飛ばしても不思議じゃない。

オレが苦い思い出に顔をしかめていると、それを見た人魚は疑うようなまなざしになった。

戦闘種族としての、人魚のプライドみたいなものが、たかだか人間がクラーケンを撃退したという事を認められないのだろうか。

それともオレが嘘をついていると思っているのか。

「ま、そのあたり信じなくてもいいが、現実に周囲の魔力はなくなっている」

オレはコアから浮かび上がったゼロという数字を横目に、ため息をつきながら肩をすくめる。

「……いや、失礼した。オーガ殿はそんな嘘をつくような性格ではないだろう。私だって人間に強者がいる事は理解している。ただ、それほどの相手とは会った事がないんだ。口ぶりからしてオーガ殿たちは、強き人間と対峙した事があるのか？」

「対峙ですめば良かったがなぁ。ま、痛み分けってとこだ。あん時は運が良かった」

「坊ちゃんが勝ちました」

テーブルの所からリーデルが口をはさんでくる。

「いやいや、あんなの良くて引き分けだろ」

「いいえ。最後に立っていたのは坊ちゃんだけでした。あの女の命を奪わなかったのも、坊ちゃんの温情でしょう？」

「そう言われると、そうかもしれんけど」

そんなやりとりを見ていた人魚が、さもおかしそうに笑う。

「奥ゆかしいオーガ殿の言葉、やはり信じよう。ならば手負いにされたそのクラーケンが、この周囲で魔力を吸い上げていた事は間違いない。そして安心しろ。もうこのあたりにはいない。魔力を吸いつくしたのならば、新たな魔力を求めて、別の場所へと移動しているはずだ」

「ふむ」

リーデルをちらりと見る。

「私も同意見です。マナ抽出量の減り方は加速度的なものでした。おそらくクラーケンがその場その場の魔力を吸いつくしながら移動、接近してきたのではと推測します。そしてこのあたりの魔力が枯れてから、すでに一時間が経過しています」

リーデルがマナ抽出量の推移データを大きくして、オレと人魚に見やすくしてくれる。

安定して抽出していた魔力が突然減少を始め、そのマイナス値が時間とともに加速している。

おそらくこの時、クラーケンが自分の周囲の魔力を吸い上げながらこちらに移動していたのだろう。

減少速度が高い時ほど、近くにいたものと考えられる。

そしてこの場所の魔力が完全にゼロになってから、すでに一時間が経っているという事は、それだけクラーケンも移動しているはずだ。

人魚の言うように、クラーケンにとって、すでに用済みとなった場所にいる理由もない。

クラーケンに襲われるという危機はないわけだ。

そして、これは朗報だが悲報でもある。

言うまでもなく、ダンジョンコアのマナ抽出が絶望となった。

例え、また別の島に引っ越したとしても、マナの枯れたこの一帯では魔力の吸い上げはできないだろう。

つまり、オレは人魚の手伝いをして報酬を手に入れないと、返済期限に間に合わないわけだ。

トラブルさえなければ今回のダンジョン経営は無事に終わると思っていた今朝のオレに、現実は残酷だぞと伝えてやりたい。伝えたところでどうにもならんが。

「わかった。魔魚の一本釣り、手伝わせてもらうよ」

「本当か！　ありがたい！　血気剛腕で鳴らすオーガ殿と共闘を果たしたとあれば、群れで武勇伝を待つチビたちも喜ぶだろう」

人魚っていうのは小さな頃からそういう性格か。

いや、小さいうちから周りの大人がそういう教育をしているから、なるべくしてなるのか？

そもそもコイツもコイツで、母親の病の治療の為だろうに悲壮感がカケラもない。

「ではこれよりオーガ殿と女中殿は、我が戦友というわけだ」

「オレたちの界隈じゃ、業務提携者って言うけどな」

人魚が手を差し出してきた。握手の習慣があるのか。

オレはその手を握り返す。

「遅くなったが、名乗らせてもらう。私の名はロナ。我が群れの名は暁《あかつき》。ゆえに我が名は、暁の海のロナ。よろしく頼む」

おお、カッコいい。人魚は群れの名前が自分の名前の前に付くのか。

「暁の海のロナさん、か。こちらこそよろしく」

「水くさい。戦友同士、さん付けなど不要だ。ロナでいい、気軽に呼んでくれ」

水くさいも何も会ったばかりだが、それを言うのは野暮だな。

それに危険の伴う仕事を一緒にこなすのであれば、円滑なコミュニケーションがとれる事は好ましい。

「わかった、ロナ。オレの名は」

「待て」

「んぐっ」

オレが名乗ろうとした途端、ロナがオレの口を手でふさいだ。

「人魚の掟だ。番《ツガイ》ではない男の名を口にする事は禁じられている。呼ぶつもりはなくとも、知ってしまえば何かしらの時、不意に呼んでしまうからな。オーガ殿の名乗りは遠慮する。気を悪くしないで欲しい」

「そうか、色々あるんだな」

「ゆえに悪いが私はオーガ殿と呼ばせてもらう。気軽に呼び合うにしても、オーガ、と呼ぶのは少し違うだろう？」

「まぁ、確かに」

オーガと呼ばれるのは種族としてだが、オーガ殿と呼ばれるのはギリギリ固有代名詞だ。

「女中殿はリーデルと呼ばせてもらっても？」

「はい、結構です。ロナ様」

「オーガ殿同様、私の事は呼び捨てでいいぞ。我々は今より戦友として……」

「いいえ、私にとってロナ様は主人のお客様です。お客様を呼び捨てなどとんでもない事です」

「そういうものか。我々人魚にも掟があるように、女中にも掟があるんだな。ならば私もそちらに合わせてリーデル殿と呼ぼう」

「ロナ様のご随意に」

……これはアレだな。

主人のお客様だなんだと理由をつけたリーデルだが、戦友とか暑苦しい空気に染まりたくなくて、それらしい理由をつけて拒否ったな。

「ではそういう事だ。オーガ殿、リーデル殿。これからよろしく頼む」

「あいよ」

「微力を尽くします」

そうしてオレたちは人魚、もとい、ロナの依頼を受ける事となった。

「では、さっそくだが具体的な作戦を立てよう。ヤツは今、こうしている間にも傷を癒している。だが、クラーケンが徘徊していたとなると、その間は身を潜めていただろう。ロクに捕食もできずにいたはずだ」

なるほど。

確かに、物騒な人魚すら避けて通るクラーケンなんて魔物がいれば、傷ついている魔魚も逃げ隠れしているか。

「飢えた魔魚ならば、エサをちらつかせればすぐに出てくるはずだ。まず具体的な手順を確認したいのだが。その前にリーデル殿」

「はい」

不意にロナがリーデルに目をやった。

真剣な顔だ。

「このコーヒーとやら、もう一杯お願いしてもいいかな？」

「すぐにご用意いたします」

コーヒーが欲しかっただけか。ずいぶんとハマっているようだ。そんなにうまいか？

オレは手元のカップに残る、冷めたコーヒーに再び口に寄せる。

……にが。

リーデルいわく、大人の味という事だ。オレはまだまだガキらしい。

「坊ちゃんにはこちらを。お手元のカップは、すで冷めてしまっているでしょう」

果実水の方がいいんだが、客が気に入っている飲み物を、自分だけ変えるのも印象がよろしくない。

と、思いきや、新しく渡されたカップの中身は、黒ではなく茶褐色のものだった。

「あれ、色が？」

「牛乳とお砂糖を混ぜて、カフェオレにいたしました。そういう飲み方も流行っているそうですので、坊ちゃんにも試していただこうかと」

「へー？」

香りもさきほどのような鋭く深みのあるものではなく、柔らかいものに変わっている。

おそるおそる口をつけると。

「あま」

予想しなかった味の変化に、つい漏れる。

「お砂糖、入れすぎましたか？」

言われて、もう一口ふくんでみる。

さっきは苦いと思っていたところへの不意打ちだったが、あらためて味わってみるとほどよい甘みだ。

牛乳のおかげで舌ざわりも丸くなって、子供のオレには飲みやすい。

「これいいな。美味いよ」

「ふふ、左様ですか？　お気に召されたようで良かったです」

「ほう、そのような飲み方が……」

ロナが手元のカップとオレのカップを見比べて、そわそわしている。

「ロナ様も、次はカフェオレにいたしますか？」

「ああ、是非にも頼む！　今夜は舌のまわりもよくなりそうだ！」

そんなわけで、オレたちの作戦会議が始まった。


――ダンジョン設置から三日経過【目標マナ：◆・◆%／100%】

05　人食い魚を釣る方法（魔魚ハンティング　一日目・夜）

「作戦そのものは単純だ。繰り返しになるが、私が歌を歌い、人魚というエサの位置を魔魚に知らせる。寄ってきたところで魔槍を発動させて捕縛する。その際、オーガ殿は私とともに鎖をたぐって引き上げを手伝って欲しい」

「なに？　魔槍の発動？　鎖？」

急に知らん単語が出てきたぞ。

「ああ。奴に打ち込んだ槍というのは魔槍なんだ。群れで最も強い者に受け継がれる我らの宝。できればこの槍の回収も手伝って欲しい。これを失っては一族の元に帰れん。なに、魔魚を仕留めれば槍も戻ってくる。難しい話ではないさ」

逆に言えばこの魔魚に逃げられると、ロナは母親を救えず群れの宝を失い、オレも報酬をもらえずお家《うち》を失うってわけか。難しい話かどうかはともかく、簡単に言える話でもないと思う。

「魔槍はこの腕輪と対になっている」

ロナが右手をかかげて、その手首にはまっている腕輪を見せる。

全裸生首で現れたロナが、唯一身に着けていたものだ。

「これに魔力を通すと、腕輪と魔槍の柄尻の間に魔力鎖《まりょくさ》が生まれる」

説明からして、捕縛を目的とした魔道具の一種か。

「ほー、たいした槍だな。槍、というか銛《もり》みたいだ。ちなみに今、魔力を流すとどうなる？」

どこにいるかもわからない魔魚と、ロナの腕輪が鎖でつながれるのだろうか？

それであれば、エサで釣っておびき寄せるなんてしなくとも、追跡できるのではと思ったが。

「鎖をつなぐには、腕輪に魔力を流す者の視界に槍がある事が条件だ。今、魔力を流しても無駄に私が疲労するだけさ。逆に鎖さえつないでしまえば、魔槍を見失っても腕輪に触れて魔力を流し込んでいる限り、魔力鎖は維持できる」

「どこにいるかもわからん相手まで魔力の鎖をのばすなんて、ヘタすれば一瞬で魔力が枯渇して大変な事になるだろうし、機能制限というより安全装置みたいなもんか」

ロナの説明は続く。

「生み出せる鎖の距離や強度、維持できる時間は使用者の魔力の量や質による。私は人魚としても魔力は多い方だ。だが昨晩、あらがい続ける魔魚をおさえる内に、体力も魔力も疲弊し、そこで嵐に巻き込まれて気絶した。当然、腕輪に流していた魔力は途絶え、鎖は消えたというわけだ」

肩をすくめるロナ。

「それで手負いってわけだな。それなりのダメージか？」

「ああ。魔槍に魔力を流して鎖でつながっている間は、槍の穂先が変形して抜けなくなるんだ」

「変形？」

ゴーレムマスターとして、つい反応してしまうロマンあふれる言葉だ。

「普段は石突《いしづき》から穂先まで真っすぐの槍だが、魔力を通して魔力鎖を生み出した時は、槍の穂先が獲物に食い込むように変形する。こう、花が開くように」

「うげ」

ロナが両手を拝むようにあわせ、パカっと指先を開くようにする。

さすが魔道具、なかなかえぐい武器のようだ。さぞ綺麗な血の花が咲いた事だろう。

「その状態で長時間、私が引きずり回したからな。内臓まで届いていないにしても、中の肉と筋肉、表皮をえぐり貫いた。魔魚としてもまずは回復に専念するはずだ」

「あれ？　いや、ちょっと待て。ロナが引きずり回す？　自分よりデカい相手を腕力で？　そもそもどうやってロナは、その魔魚を釣り上げようとしてたんだ？」

話の流れでなんとなく聞いていたが、鎖でつながったら人食い魚に喰われるだけじゃないのか？

それにリーデルほど細いわけじゃないが、小麦色に焼けた柔肌の腕に、オレよりデカい魔魚と拮抗するほどの力があるとは思えん。

「私が仕留める場合は陸に釣り上げるわけじゃない。相手が弱るまで引きずり回してトドメを刺すんだ。もちろん食われないように泳いで距離を取り続ける。この足もそうだが、人魚には自身の体を変化させたり強化する魔法がある。槍を獲物に打ち込む時や手繰り寄せる時、獲物の体力を奪う為に引きずり回す時は、筋力を一時的に高める魔法を使う」

「ほー？」

「見たいか？」

「興味はある」

「であれば、まずこれを見てくれ」

そうしてロナは立ち上がり、自身の長い三つ編みを指さす。

「毛先が白いだろう？」

「そうだな」

全体は濃く蒼い髪なのに、ふくらはぎの辺りで揺れる髪の先だけは真っ白だ。

「よく見れば、尻のあたりからは、しだいに白くなっているだろう？」

ロナの言う通り、確かに腰のあたりから毛先にかけて、しだいに白くなっている。

「ん、あ、ああ、そうだな」

「もっとよく見ろ」

リーデルの前で他人の尻なんかマジマジと見られるか。

だから尻を振るな！　お前、そのパーカーの下、すっぽんぽんだろうが！

「というわけで、だ」

そしてロナが手を差し出した。

どういうわけだ？　話の筋がわからん？　握手しろってことか？

よくわからんまま、その小さな手を握り返す。

ところどころ固い節があるのは、槍を操るためにできたタコだろうか。

「これから魔力で腕力を強化するから、しっかり握り返してくれ。オーガ殿であれば加減もいらないな？　全力でいくぞ？」

「は？　おいおい、どういう意味……ッ!?」

ロナのオレンジ色の瞳が鋭くなった瞬間、オレの手を握っていたその細腕に、蒼い紋様が浮かび上がった。

海の波を思わせるような見たことのない紋様が、手の甲からヒジのあたりまでをビッシリと包みこみ、そして。

「うおっ!?」

「油断したか？」

細い指がオレの手を握りつぶさんばかりに締め付けてくる！

爪が食い込んで痛い痛い痛い！

「ふんむっ」

「む、さすがオーガ殿」

反射的に全力で握り返してしまい、やばい、ロナの手を握りつぶしちまう！　と思ったが、ロナは痛みに顔をしかめただけだ。

マジか。手の大きさ、倍近くあるんだぞ？

互いの指や腕がギチギチと鳴るような握手をしばらく交わした後、ロナが降参とばかりに逆の手をあげる。

「参った。さすがオーガ種族。素の腕力でそれほどの剛力とは。正直、勝つつもりだった」

イタズラが失敗したかのような顔をして、ロナが肩をすくめる。

「いやいや、その細腕でよくまぁ、あんだけの力が出せるもんだ。人魚の魔法ってのはとんでもないな」

「だが、それゆえに相応の魔力を使うぞ。見てくれ」

ロナが蒼い紋様で覆われている、右腕を見せてくる。

波のような模様はしだいにぼやけ、蒼い泡となると水になってしたたり落ち、跡形もなく消えてしまった。

「キレーに消えたな」

「ああ。次にもう一度、私の髪を見てくれ」

「ん？」

再び立ち上がり、尻をこっちに向けて振るロナ。

だから尻を向けるなと……おや？

「わかるか？　さきほどまでは尻のあたりまで蒼色だったが、今はその少し上、腰のあたりまで白くなっているだろう？」

「確かに。ああ、なるほど人魚は魔力を髪に蓄えるのか？」

「ご名答。察しがいいな」

なるほど。人魚は髪に蓄えた魔力を自在に操って、強力な魔法を使う種族か。

けど、結構目減りしたぞ。

わりと貴重な魔力源だと思うが、扱いが軽いな。

「今はオーガ殿が相手だったから全力を出した。もっとも、こうして二本足を維持しながらだし、いつもより魔力消費は激しかった」

「いや口で説明しろよ。貴重な魔力源だろうが」

「戦友の間に言葉は迂遠《うえん》だ、見せた方が早い」

確かにそうだけどなぁ。いざって時に魔力切れなんてシャレにならんぞ。

だがロナの満足そうな顔は、互いの力を見せ合うのは戦友の礼儀、とでも言わんばかりだ。

「毛先から髪が白かった理由は、魔魚とやりあったからか？」

「そうだ。ヤツとやり合う前は毛先まで蒼かったが、こうして尻まで白くさせられた挙句、逃がしたというわけだ。魔力と体力と時間の無駄使いだった」

ロナが、はぁ、と深いため息を漏らす。

「話を戻すぞ、オーガ殿。作戦の問題は私がエサとなる間、オーガ殿にどこにどうやって待機してもらうかだ。人魚が歌うのは岩礁に座ってと相場が決まっている。私がそこで獲物を誘いだすまで、近場の別の岩礁などに潜んでもらいたいのだが……ところでオーガ殿、泳ぎは達者か？」

「海上での機動力って事か」

そもそもオーガ種は、筋肉のせいで水に浮きにくい。

だが、オレにはオーガらしくない特技がある。

「こちとら陸のお坊ちゃんで、水遊びには慣れてなくてな。だがアテはある。ロナも貴重な魔力を使ってまで自分の力を見せてくれたし、オレも相棒を紹介するよ」

「相棒？」

ロナの視線がリーデルに向かう。

「リーデルの事じゃない。外に出てくれ」

「ふむ？」

オレはロナをうながすようにして、先立ってコアルームから出る。

立ち上がったロナが続き、最後にリーデルがコアルームから出た。

「あそこだ」

オレは、洞窟から出てすぐの海辺で、白い布をかぶって浮かぶものを指し示す。

「なんだあれは？」

「言ったろ、相棒さ。布をとれ、シャーリーン」

その名を呼びながら念じると。

『オォォオォオオォ！』

うなり声のような起動音とともに、白い布が巨大な腕によって取り除かれる。

「おお、これは!?」

目を見張り、驚きに声をあげるロナ。

「ゴーレムだ」

「ゴーレム！　これが噂にきくゴーレムか！　目にするのは初めてだが、なんとも威風ある巨躯だな！」

お、いい反応。

「見た目は我々のような半人半魚だが、背に鞍のようなものが乗っているな。ああ、つまりそういう事か？」

理解も早い。

「そういう事。背中の鞍は、海上を移動するための騎乗装備だ」

大きめの鞍なので、リーデルぐらい小柄なら、オレの前にも後ろにも乗せる事ができる。

「オーガ殿はゴーレムを扱うのだな。ううむ、なんと言ったかな？」

「ゴーレムマスター、か？」

「そう、それだ。ゴーレムマスターは潤沢な魔力の持ち主にのみ可能と聞くが……」

それまでとは違った目でオレを見るロナ。

「オーガ殿は伝え聞くオーガ種とはどこか違うと思っていたが、魔力に〝も〟長けておられるか。実に頼もしいな！」

と、満面の笑顔で言われた。

正確に言えば、魔力に〝は〟長けていて、その分、他のオーガより腕力に劣るが、言わぬが花だ。

「これなら別の岩礁の陰に潜む事も可能だろう。このゴーレムは海中も泳げるのか？」

「短い間ならな。具体的にはオレの息が持つ間だけ」

「なるほど、道理だ」

搭乗者の息と気合が持つ限り潜っていられるが、あいにくオレは人並の肺活量と、控えめな気合の持主だ。

「身を隠すなら波間に首から上だけを出していれば良いし、いざ戦闘となれば身をさらして海上を移動すれば良いのだから、無理に潜水する必要もないさ。十分、頼りになる相棒だ」

シャーリーンを見たロナは、色々と納得できたようで満足気だ。

「では明日の朝、近場の岩礁を探しに行こう。できれば、いくつか岩礁が固まった場所が見つかるといいんだがな」

「そんな都合のいい場所が見つかるもんかね？」

「運もまた戦人《いくさびと》の才能さ。戦女神の加護があらん事を願うばかりだ」

「肝心な所は女神サマのご機嫌次第か。なんとも不安だ」

「オーガ殿の男っぷりなら、戦女神も惚れるに違いないよ」

お世辞を言っても何もでんぞ。

リーデルもうなずくな。

お客さんの冗談に、身内が贔屓で相乗りとか、恥ずかしくて泣きそうになる。

「ではオーガ殿。作戦準備の目途もついたし、今夜はゆっくり休んで朝に出立《しゅったつ》という事でいいか？」

「ああ、そうだな。ところでロナは寝る時はどうする？　海で夜を明かすのか？　もし部屋の中でいいんなら、毛布やらなんやら貸せるが」

オレは目の前に広がる夜の海と、ダンジョンコアの入り口のある洞窟を見比べる。

人魚的にずっと二本足でいるのは、ストレスとかないんだろうか。

「ああ、できれば厄介になりたい。単身、海の中で眠るというのは神経を張るものでな。魔魚とやりあった挙句、嵐にも巻き込まれて、それなりに疲労もある。ゆっくりしたいのが本音だよ」

そう言えば、嵐にも巻き込まれたと言っていた。

「よし、なら中に戻ろう。リーデル、あとは女性同士で色々と頼めるか？」

「おまかせを。坊ちゃんは先にお休みください」

頭を下げて了解の意を返してくるリーデルに後を任せて、オレは先にコアルームに入ると、そのままベッドへ直行した。

前回のダンジョン暮らしの教訓を生かし、すでにコアルームのすみっこに設置してあるオレのベッドは、それを囲むように目隠し用のついたてが立っている。

女性はお休み前ともなれば色々とあるようだし、男のオレがウロウロしていても邪魔なだけだ。とっとと彼女らの視界から消える方が、余計なトラブルにまきこまれずにすむ。

ヘタに着替え中にバッタリなんてしてみろ、大変な事になるぞ？

ラッキースケベに無罪が適用されるのは、選ばれたイケメンだけの特権だ。

そうでないのなら大人しく過ごすべきである。

身の丈を知る、オレの座右の銘だ。

だからこそ、リーデルとふたりでこんな狭い部屋にこもっていても間違いをおこさず、こうして上手くやっていけるってわけさ。

我ながらダンジョンマスターも板についてきたもんだろ？

姫騎士の受難① 皇室暦334年8月1日、朝

「――船長いわく、前回はこの辺りで襲われたという話だったな」

私は海の波間に怪しい影がないかと、視線を巡らせていた。

どんな些細な異変も見逃さぬ、そう気合を入れているのに、気勢をそぐ声がかかる。

「あまり身を乗り出さないようにお願いします、姫様」

「姫。水に浮く魔装をお召しとは言え、落ちたら大変ですからね？」

「わかっている！　子供ではないのだ、お前たちはいつも過保護すぎるぞ！」

今、私は父王からの勅命で、軍船に乗っている。

先日、主要航路の一つに巨大な海生生物が出没したとの報があった。

被害にあった船員たちの証言から、相手はクラーケンと判明。


戦女神様から御力を授けられ、勇者の末席に列せられる私は、即座に父王から討伐の勅命をもぎとり、その足で私専用の武器庫から炎の魔剣と水のドレスをひっつかみ、国を出発した。

早馬を乗り継ぎ、三日後の今朝には港に到着。用意されていた軍船に乗り込んで、今に至るわけだが。

「姫様。旅の疲れもありましょう。一日ぐらいはお休みになってからの方が良かったのでは？」

右隣に控えていた近衛のひとり、ジャックが気遣うように話しかけてくる。

過保護だと言ったばかりなのに、こいつは心配性な性格で、しかも口うるさい。

確かに時折、自分の不注意に気づかされることもあるが、今はそんな事を言っている場合ではない。

「馬鹿を言うな。一日遅れればそれだけ民に被害が出る。皇族として看過できん。そして、すでに失われた命があり、親を失った子、夫を失っ

た妻がいるのだ……仇はとる！　絶対に逃がさん！」

これ以上、クラーケンなどという魔物を一日たりとて放置するわけにはいかない。

よそに行かないうちに、確実に仕留める。

「姫。気合が入っているのは結構ですがね。逸って油断などなさらぬように」

左隣で控えていた赤毛の騎士ダニエルも、苦言を投げつけてくる。

ジャックと同じく心配性だが、砕けた性格と皮肉屋なところがあって、言いにくい事も諫言《かんげん》してくれる。

だが、確かに言われた通りだ。頭に血が上っているのは自覚している。

「油断するつもりはない。しかし少々、平静ではなかったな」

すう、と深く息を吸って、ゆっくり吐く。

それだけで少しは落ち着くもので、私はあらためて海を見る。

船を沈めるほどの巨体を持つクラーケン。

海で生きる者すべての脅威だ。

有効な手段は火系の遠距離攻撃。

となると、火矢が一般的だが、私には女神様に与えられた無尽蔵に近い魔力と。

「いつでも来い、丸焦げにしてやる」

アイテムボックスから右手に出現させた、炎の魔剣がある。

コイツは魔力を流し込む事で、刀身に炎をまとわせる事ができる。

そして、まとわせた炎を火球にして飛ばす事もできる優れものだ。

そんな強力な魔剣だが、炎を操る性質上、延焼などの問題もあって使い勝手は正直言って悪い。ということか後始末が色々と面倒くさい。

だが、今回のように戦場が海ならそれも杞憂。

相手が巨体となればまさにうってつけ。

遠距離攻撃を主軸とするなら、火球より射程の長い鎌鼬《かまいたち》を放てる風の魔剣と迷ったものの、あいにく私に授けられたアイテムボックスの収納条件は『魔剣を一振り、魔装を一着ずつのみ』。

そんなわけで、射程よりも文字通り火力を優先し、炎剣を選んだ。

魔装に関しては、愛用していた堅牢なドレスがあるのだが、前回、あのサキュバスに対物理防御と対魔法防御の術式を大爆発で剥がされたため修繕中だ。

もっとも海に出向くなら、浮力の術式が組み込まれたこのドレスの方が有効だろう。

アイテムボックスへの収納を考えなければ、他にも有用な魔剣や魔装を持ち込めるが、非力な女の身で、重装備で行動が制限されるのは避けたい。

それに、戦闘中に魔剣同士が魔力干渉を起こして、私にも被害が及ぶことがある。

以前、炎と風の二刀流で、鎌鼬に火球を乗せたら射程が伸びるのでは？　と試した時、火球がその場で風魔法の影響で暴発、私はそれを至近距離で全身に浴びるという悲惨な目にあった。

万が一の事を考えて、耐火術式に特化した魔装のマントを着込んでいたから髪が焦げる程度で済んだが、あの瞬間『あ、死んだ』と思った。

以来、私は魔剣を使う時は一振りのみと決めている。

女神様が与えて下さったアイテムボックスの条件は、むしろそれを教えて下さっていたのかもしれない。

人の身の欲はまさに身を滅ぼす。

などと身をもって知った過去の教訓から、手にした炎剣の柄を握る手に力を込めていると。

「む？」

船が揺れた。

そう思った瞬間、甲板に巨大な何か……いや、巨大なタコの足が叩きつけられた！　クラーケンだ！

「姫様！」

「姫！　おさがりを！」

私をかばうように、二人の騎士が前に出る。

ええい、ジャマだ！　前が見えん！

ふたりの肩を押しのけて前に出ると、二本、三本と、次々に足が甲板に乗り上げ、その巨体の主の頭が海から現れ、私と目が合った。

どんよりと蒼く光る丸い目の玉だけで、私の背丈ほどもある。

確かに見た目は恐ろしい。

実際、水兵や船員たちは硬直してしまっている。鍛えに鍛え抜かれた、我が水軍の精鋭ですらこれだ。

一般の客船や貨物船であれば、何もできずに沈められた事だろう。

「お前たちふたりは兵を指揮して、甲板に張り付いた足をなんとかしろ。油でもまいて燃やせ！」

「姫様!?」

「船が燃えますよ!?」

ふたりが悲鳴のように声をあげるが、どのみちこのままでは船が破壊される。

船が浮いていられるうちに対処しなくては、結果は同じだ。

「最悪の場合は小舟で脱出しろ！　たかだか軍船一隻、民の命と安堵に比べれば安い！　……できれば消火しろ、父王に後で怒られる」

時折、父王とは意見の食い違いにより、説教される事がある。

「では、船はまかせた！　私は本体をやる！」

私はふたりに言い捨て、駆け出す。

「ごきげんよう、お初にお目にかかる！　我が名はアリエステル！　貴様が沈めた船と民は我がサシーザニティ帝国の宝だ！　返礼だ、ここでケシ炭にしてやる！」

向かってくる私に、足を振り上げるクラーケン。

私の頭上にかかげられたそれは、陽の光をさえぎり私の全身を影でおおうほど。

あんなものを叩きつけられれば、いかに私とてケガではすまない、大ケガだ。

「フン」

私は鼻で笑い、剣に魔力をまわして刀身に炎を生み出すと、頭上に向かって振り抜く。

剣から放たれた火球がその足に命中。

ドンッという激しい音とともに、足はちぎれて吹き飛んだ。

脆い。これならここで仕留められる！

私は一気に間合いをつめながら、二発、三発と火球を放つ。

そのたびにクラーケンの体が、少しずつはじけ飛んでいく。

するとそれを嫌がったのか、クラーケンの目が私からそれて、その巨体を船から離そうとした。

「逃がすか！　戦女神様、ご助力、賜りたく！失礼ッ！」

私は少しでも体を軽くするため、いったんアイテムボックスに炎剣をしまいこみ、全力で甲板を駆け抜ける。

そしてその先、船首に飾られた女神様の胸像を、畏れ多いと思いながらも足場にして全力で跳んだ。

「姫様！」

「姫ッ！」

跳んだ先はクラーケンの横っ面。

このままでは当然滑り落ち、私は海に落ちてしまう。

「ふっ！」

逆手に振りかぶっていた手の中へ、アイテムボックスから瞬時に剣を取り出し、そのまま突き刺した。

「中から焼き尽くしてやる！　喰らえ！」

柄のあたりまで深々と突き刺さった炎剣へ魔力をまわし、刀身に炎をまとわせて内部から焼く。

クラーケンの身の焼ける匂いが鼻をつく。

激しく暴れるクラーケン。

そのたび暴れる足が船にぶつかり、砕けた船の破片が海に大きなしぶきを立てる。

「ふん、レディ相手のダンスにしては見苦しいな？　女の扱いも知らん無作法な紳士には、もっとキツい説教が必要のようだ！」

私は剣を突き刺したまま、さらに魔力を注ぎ込み続ける。

私のミスは二つ。

クラーケンが思いのほか、タフだった事。身を焼かれながらも船から離れ、一気に海中に潜られた。

息と魔力が続く限り私はねばった。

これでも私は肺活量と気合には自信があるのだ。だが、世の中、根性論だけでは思い通りにいかない。

剣を突き刺して焼き続けていた場所がぐずぐずに炭化してしまい、もろくなったところで剣が抜けてしまった。

深手を負わせたのは間違いないが、クラーケンは一気に海の底へと逃げ去っていった。

「逃がした、か」

浮上術式のかけられた水のドレスに魔力を注いで海面に立つものの、潜って見えなくなった相手を、しかも海上を走って追いかける事はさすがに難しい。というか無理だ。

しかも。

「船も陸地も見えんな……」

クラーケンのすさまじい速力、そして私の肺活量と気合により、ずいぶんと遠くにきてしまったようだ。

私は四方を海に囲まれた場所に置き去りにされたのだった。

chapter 2
第二章

06　歌う人魚と潜るオーガ（魔魚ハンティング　二日目・朝）

「そろそろ行こうか、オーガ殿」

「ああ」

というわけで翌朝。

海に浮かべたシャーリーンの背に乗っかり、各部のチェックを終えたオレは、すでに波間へ身を浸しているロナにうなずく。

海辺には、心配そうな目で見送りに出ているリーデルの姿がある。

「坊ちゃん、本当にお気をつけて」

「そんなに心配すんなって。すぐに終わらせてくるから、成功を祈って待っていてくれ」

リーデルを留守番に残し、オレとロナは朝焼けでまぶしい海へ出た。

「ふむ、そのゴーレム、巨体に反してなかなか速いな？」

感心するようにシャーリーンを見ているロナの姿は、すでに人魚本来のものに戻っている。

海中で躍動する尾びれは、髪色と同じく空と海を混ぜたような青色で、とても美しいものだった。

「そりゃコッチのセリフだ。人魚がそこまで速く泳げるとは思っていなかったぞ？」

全開とまではいかないが、無理のないギリギリまでシャーリーンの出力を上げているというのに、ロナは涼しい顔で並走、いや並泳していた。それどころか。

「何を言う。人魚が半身を出しているうちは、水遊びの域さ」

マジか。

ロナがシャーリーンをなかなか速いと褒めたのは、あくまでゴーレムのわりには、という事か。

ちなみに海面に出ている上半身だが、肌をむき出しってわけじゃない。

リーデルから無理やり着せられた、青いビキニを付けている。

ロナは泳ぐときに服や水着はジャマだと言ってイヤがっていたが、こればかりは無理を通させてもらった。

今みたいな人魚姿だと仕方ないが、陸にいる時は上も下もリーデルに何かしら着せられている。

しかしリーデルも、水着の予備なんてよく持ってたな。

ただ、アレもコレも紐みたいな水着ばかりというのが目の毒だ。

近くにいるお年頃の男の子の事を考えて、ファッションを決めて欲しい。

たまーにサキュバスの本能が出てくるのか知らんが、オレには刺激が強すぎる。

今だって、波間の中で揺れるロナの谷間がいつ水着から山崩れを起こして、大惨事にならないかと冷や冷やして、見守ってるんだぞ。

そんな不安と目線をさとられないように、オレはロナの横顔に声をかける。

「こっちはこれでいっぱいの速度だからな、置いて行かないでくれよ？」

「うむ、気にかけておく」

そこはせめて、気を付けておく、と言って欲しかった。

そんな会話をしながら、オレたちは拠点としている島の周囲をあてもなく回遊する。

やがて陽が中天にさしかかるころ、まさにおあつらえ向きという岩礁を見つけた。

かろうじて二人か三人が座れるかな？　という程よい大きさの岩礁が、十ほど点々としている場所だった。

「ふむ。悪くない。さすがオーガ殿、戦女神もベタ惚れのご加護じゃないか」

ロナが海から跳ねるようにして、ちょうど真ん中の岩礁に飛び上がる。

水しぶきが陽光に照らされて輝き、虹のように弧を描く。

「おお、カッコいい」

尾びれの姿のまま岩礁に腰かける様は、まさに美しい海の人魚のイメージ通りで、オレはつい見とれてしまった。

控えめに言っても見た目は美人だし、漁師との恋物語なんてものが詩人に詠われるのも無理はない。

だが残念、中身は戦闘民族だ。

世の中、知らない方がいい事も多い。

「どうだ？　ここでいけそうか？」

「そうだな。オーガ殿が隠れる場所も豊富だし、仕留めた後、リーデル殿の待つ島へ獲物を運ぶのもたやすい距離だ。良いか悪いかと問われれば、ここ以上の好立地はないだろう」

花丸満点。作戦地点は決定らしい。

「では始めようか。オーガ殿は一番遠くの岩礁に隠れていてくれ。ヤツがどこから来るかわからない。背後にも気を配ってくれよ？」

「は？　おいおい、もしかして」

「ん、んんっ……」

オレの言葉を最後まで待たず、ロナはノドを慣らすようにしたあと歌い始めた。

「え？　いきなり？　もう始めるの？　今日は場所の確認だけじゃなかったのか？」

オレはてっきり、今日は時間をかけて、何カ所か候補になる場所を探すだけだと思っていた。

だがすでにロナは目を閉じ、両手を胸の前で合わせて、祈るような姿で歌い始める。

「おお、すごいな」

その声量はすさまじく、近くにいると体に振動が伝わってくる。

ロナが腰かける岩礁を中心に、同心円状の波紋が生まれては、さらに大きくなって広がっていく。

だが、耳をふさぐような騒音ではなく、ずっと聞いていたいと思えるような歌だ。

この広い海であっても、どこまでも届くような不思議な声。

人魚が海の魔性と言われているのは、外見の美しさだけではないと実感する。

人も魔魚も、引き寄せられるのも不思議じゃない。

「……はっ、いかんいかん、隠れないと」

見ほれたり、聞きほれたりしている場合じゃない。

今から始まるのは人魚の歌唱会ではなく、魔魚を仕留めるための狩りだ。

しかもロナにとって、自分をエサにした命がけのものだ。

真面目にやらないと大変なことになる。

オレは言われた通り、ロナから一番離れた岩礁の裏に回り込むと、シャーリーンをギリギリまで沈めて自分の首から上だけを海上に出し、ロナを見守る。

時折、背後にも目を向けて可能な限り全方位に注意を配る。

待ち伏せているつもりで、自分が背中をとられたら間抜けもいいところだ。

＊＊＊

――中天まで昇っていた太陽が傾き、陽も柔らかくなってきた頃。

「しかしスゴいな。声が枯れるどころか、息切れする気配すらないぞ」

満月の下、夜を徹して歌うと言っていたが、本当に一晩通して歌えるんじゃないかと思うほど、ロナの歌は止まらない。

休憩といえば、乾いた尾びれを湿らせるためにか、ときおり海に飛び込んで座っていた岩礁の周りを二、三周まわるぐらいだ。

それが終われば再び岩礁に登って歌い続ける。

「ん？」

そうして今も歌い続けるロナが座る、岩礁のやや先。

静かな海だというのに、小さな波しぶきが立っていた。

何かが海面スレスレを泳いで、近寄ってきているようにも見えるが……。

「ロナは気づいているのか？」

それまで一度として乱れる事のなかった歌声が、一瞬止まった。

閉じていた目はすでに見開かれていて、オレと同じく小さな波しぶきをとらえていた。

07　魔魚　（魔魚ハンティング　二日目・朝から正午）

小さな水しぶきは確実にこちらに向かっている。

オレは少しだけシャーリーンを浮上させ、いつでもロナの元にたどりつけるように準備する。

ロナもまた、前方の小さな波しぶきを凝視したまま歌い続けている。

腕輪のはまった右手をブラブラさせて準備運動をしているあたり、やる気満々というわけだ。

やがて水しぶきが大きくなるにつれ、その主の姿がはっきりと視界に入る。

海面を裂くように、大きな背ビレが現れたのだ。

そこから全体のサイズを推測すれば、確かにロナよりもデカいだろう。

しかもそれが、自分たち人魚を捕食する人食い魚なんだよな？

「よくもまぁ、そんなもんとやり合う気になるもんだ」

オレだったら自分よりデカい相手とケンカなんて絶対にしたくない。

しかもロナの場合、ケンカどころの騒ぎじゃない。

いざ始まれば、嵐のようなトラブルで中断されない限り、どちらかが仕留められるまで続く命がけの追いかけっこだ。

母親の為とは言え、たいした孝行娘だ。

オレも親父の命を預かっている身だが、だいぶ中身と事情が異なるからなぁ。

「けっこう近づいてきたが、そろそろか？」

事前の打ち合わせで、ロナが魔法の鎖を発動させる前に、右手を大きく掲げて合図をすると決めてある。

それと同時にオレはロナの側へ走り、岩礁に位置取って一緒に鎖を保持。

ロナの足はヒレなので、岩礁の上ではふんばりがきかない為だ。

鎖を受け取ったオレと入れ替わるように、ロナは海へと飛び込み、すぐに海から鎖をけん引する。

オレはロナがけん引する鎖をさらに引っ張って、岩礁に魔魚を打ち上げてしまえば任務完了だ。

どれほど大きくて凶暴かは知らないが、魚は魚。

歩けもしなければ、空も飛べない、打ち上げてしまえばこちらの勝ちだ。

ぜいぜい噛みつかれないように気を付けるだけだ。

あの巨体、オーガの腕だろうが、食いちぎられそうだからな。

「まだ仕掛けないのか？　けっこう近くまで寄ってきてると思うが。いや、近いほど引き上げに有利だから、ギリギリまで引き寄せてるのか」

魔力の鎖についてだが、あの後、追加でこんな説明もあった。

生み出した鎖はさらに伸ばす事もできるが、縮めることはできない、と。

よって獲物を引き上げるにはたぐり寄せるしかない。

となれば、そのたぐる長さが短くなるよう、可能な限り待った方がいい。

ぼんやりとしていた背ビレの輪郭もハッキリとしてきた。

その大きな背ビレの横に、突き刺さっている棒のようなモノが見える。

「あれが魔槍か」

銀色の柄は海面の光を反射して美しく輝いていた。

そして柄の石突の部分に、蒼い石がはまっているのが見える。

「魔法の鎖がつながる部分かな？」

思っていたよりも細い槍で、アレなら確かに返しの刃がないと、引っ張った拍子にスッポリと抜けてしまいそうだ。

今の状態で抜けていないのは、相当に深く突き刺さっているのだろう。

「お？」

迫っていた背ビレが、ピタリと止まった。

だいぶ近づいたが、目と鼻の先というほどでもない。

獲物であるロナの不意を突こうと、様子をうかがっているのか？

それとも他に外敵がいないか探っているのか……いや、誘いこまれていると疑っているのか？

オレはタイミングを見逃さないよう、シャーリーンのハンドルにシッカリとつかまり、いつでも急発進ができる準備をする。

「用心深いな。それともエサだと思って近づいた人魚が、自分の背に槍を突き立てた本人だと理解して警戒してるのか？」

魚って目がいいんだっけ？　そもそも魚に人の顔の見分けなんかつくかね？

そのあたりどうなんだろうか、などと考えつつも、動かなくなった背ビレから目をはなさず、ハンドルを握りしめる。

「……ん？」

しばらく動きを止めていた背ビレだったが不意に——反転した！

罠だと気づいたか!?

「オーガ殿！」

ロナの右腕があがる。

かかげられた腕輪の魔石が蒼く輝く。

魔魚に突き刺さっている槍との間に、蒼く細い魔力の線が閃いたと思った瞬間、それが蒼い鎖となってロナと魔魚をつないだ。

おお、カッコいい！　と思っていると、槍の刺さったあたりから派手に血しぶきが舞った。

「あれが変形した槍の穂先か。えぐいな」

返し刃のついたトゲが、魔魚の表皮を中から突き破っている。

血で濡れたそれは、まるで赤い花が咲いているようでもあった。

急激な痛みに襲われた魔魚は、尾びれを海面に叩きつけるようにして暴れ始める。

すぐさま腕に波模様の魔力紋を浮かべて筋力強化をしたロナが、その細腕に見合わぬ力で魔力の鎖を引っ張り始める。

「ふっ、ぐっ！　ぬっ!?」

だがロナは、やはり岩礁の上ではふんばりがきかず、逆に腕輪のはまった右腕ごと体を持っていかれそうになっている。

今にも海に落ちそうだ。

腕力うんぬんというより単純に、質量が足りていない。

「やべぇ！　いくぞ、シャーリーン！」

オレはシャーリーンに念じて全身を海面まで上昇、同時にスク竜機構を全開にしてロナの待つ岩礁へ急接近する。

スク竜パーツから激しい波を立てて爆走するシャーリーン。

鞍の上で立ち上がったオレは、ロナの待つ岩礁へ横付けすると同時に飛び移った。

岩礁から引きずり降ろされそうになっていたロナの体を捕まえ、たぐり寄せていた鎖を受け取る。

「まかせろ！」

「まかせる！」

たぐっていた鎖をオレに渡したロナは、鎖の根本である腕輪のはまった右手首を左手でつかみ、ぐいっと胸まで引き寄せる。

そして海へと飛び込み、オレと同じく鎖を引っ張りながら泳ぎ始めた。

陸で引っ張っていた時とは違い、海で鎖を引っ張り始めたロナの馬力はすさまじく、魔力鎖が一気に張り詰める。

ここからは海と陸のコンビネーションだ。

嵐にあう前はロナひとりでも拮抗していたというぐらいだし、今の魔魚は傷ついてもいる。

さらに今回は、細めとは言え、オーガのオレも参戦だ。

鎖には激しい抵抗が伝わってくるが、オレが魔力鎖を引くたび、少しずつだが確実にたぐり寄せている。

波間に浮かぶロナを見れば、オレがたぐりよせた分の鎖を自分の体にまきつけるようにして、鎖を保持していた。

「もうちょっとだぞ、ロナ！　しかし、まだお魚さんの方も活きがいいじゃないか！」

暴れる魔魚の波しぶきもだいぶ近づいてきたが、抵抗の激しさは失っていない。

鎖は常にピンと張った状態だし、気を抜けば逆に持っていかれるほどの力強さも健在だ。

とは言え、この程度であれば力負けすることはないだろう。

問題は別にあった。

「くそ、案外、滑るな……」

足元の岩礁は苔むしていて、油断するとそこから一気に滑り落ちそうになる。

手元だけに集中できれば、もう引き上げられていたかもしれないが、そう簡単にはいかないらしい。

「だが、このままいけば……」

足元さえ注意していれば確実に引き上げられる。

そう思っていた時。

「オーガ殿！　すまん、鎖がもたん！」

「なに？」

切羽詰まった声に振り返れば、胸元に抱えている腕輪へ必死に魔力を流してこんでいるロナの姿があった。

「私の魔力ではこの綱引きに耐えるだけの強度が足りん！　間もなく切られる！」

長時間の拮抗にひとりで耐えたとは言っていたが、オレの力が加わった短期決戦の過負荷には耐えられなかったってワケか？

「……くそっ、気合入れるぞ！」

オレは鎖を握りしめ、岩礁で足をふんばる。

しかし魔魚もこちらの異変に気づいたのか、それともまだ余力があったのか、今まででもっとも激しい抵抗を始めた。

「悪あがき、してんじゃ、ねーぞッ！」

わずかながらも引き寄せていた鎖が微動だにしなくなり、むしろオレの体が少しずつ引きずられている。

「ぐぬぬぬぬ……魚のクセにやるじゃねーか！　だが、ここで決める！」

とっととお前を釣り上げて、オレは家に帰りたいんだよ！　うなれ、オレの上腕二頭筋！

「くおおおぉぉおッ！」

だが現実は非情である。

ピンと這っていた蒼い鎖のあちこちに、亀裂が入り始めた。

「やば」

ヤバイと思った瞬間。

「うおっ」

目の前でバキンと音がして、魔魚までつながっていた鎖が、一条の蒼い粒になり霧散した。

魔魚を見れば、体を貫いていた返しの刃も消えており一目散に逃げだしている。

「くっ、シャーリーン！」

オレは岩礁の側に待機していたシャーリーンに飛び乗り、追いかけようとするが。

「はやっ!?」

そのわずかな間に、海面に飛び出していた背ビレと槍の柄は、かなりの距離まで離れていた。

流れる血の痕跡をたどるにしても、すぐに波が消し去ってしまうだろう。

それに海の中に潜られたら、水上からでは追いかけようがない。

「……失敗、か」

「オーガ殿」

シャーリーンの背の上でプカプカと揺られながら、オレはため息をつく。

追いついてきたロナが、立ち尽くすオレの背に声をかける。

「すまん、ロナ。逃がした」

「いや、謝るのはこちらの方だ。手負いだというのにあれほどの力があるとは思わなかった」

すでに魔法紋が消えた右腕をさすりながら、ロナが魔魚の泳ぎ去った方角を眺める。

「……とりあえず、戻るか」

「ああ。別の方法を考えよう」

姫騎士の受難②　皇室歴334年8月1日、昼

「うーむ。見渡す限りの水平線」

私は海上で途方に暮れていた。

魔装のドレスに付与されている浮上術式のおかげで、こうして海上を歩くことはできるが、食料も飲み水もないこの状況、私とてそうはもたない。

無尽蔵に近い魔力があるとは言え、それより先に体力が尽きる。

「しかもこの炎天下に照り返し。日中に移動するのは自殺行為だ。どこか休めるところを探さねば」

意識を失えばドレスの浮力も失われ、いずれ私も海に沈む。

できれば出港した港に向かいつつ、身を休められる岩礁や島を探したい。

確か自分が出航した時、船は太陽に向かっていたはずだ。

「つまり、太陽が沈む方向が港、だな」

私は中天に浮かぶ太陽を見る。

「ちょうど昼時か。どっちに沈むかもわからん」

結局、私はだいたいの見当をつけて歩き出し、しばらくして太陽が沈みかけると、ため息をついて、逆方向へと歩きだした。

＊＊＊

「……ふう」

遭難して丸一日が経った。

港に向かっているはずの私だが、陸地など影も形も一向に見えないまま、こうして魔力と体力だけを消費している。

岩礁や小島なんてものも見当たらず、ずっと海の上を立ったまま歩き続けた。

「また方向がわからなくなったな」

太陽の位置が再び、真上に昇った。

実際、頭上に太陽がある間は、正確な方向な

どわからない。

　そもそも、まっすぐ歩いているつもりでも道しるべがなければ微妙にずれてくるし、それが長距離ともなれば、誤差ではすまなくなる。

「腹も減ったし、喉もかわいた。体力の限界まであとどれくらいだ」

　私は、昨日から何度目かわかないため息をつく。

　腹を満たすことだけはできるのが、せめてもの救いか。

　私は剣に炎をまとわせると、少し離れた場所に火球をぶち込む。

　その衝撃で私の背丈よりはるかに高い水柱が打ちあがり、その跡を見れば。

「海の幸に感謝だな」

　火球の衝撃で、気絶した魚が何匹も浮かびあがっている。

　私はその中でも大き目の魚へ、剣を串のようにして刺しこんで持ち上げた。

「ふむ、火力はこれぐらいか」

　繊細な魔力調整で魔剣に弱火をまとわせ、魚を中から焼いていく。

　数十秒もすれば、こんがりといい香りのする焼き魚のできあがりだ。

「あち、あち、はふっ！」

　私は、ハラワタもおいしく頂けるタチなので、頭と背骨と尾ビレになった一匹目を剣を軽く振って海に捨てると、あちこちに浮いているおかわりへ剣を突き刺す。

　五匹ほど食べたところで、気絶していた魚が動き始め、海中へと潜っていった。

「さて、行くか」

　腹八分目、食後の運動と思えば多少は気が楽になるが、向かうべき場所がわからないというのは、それ以上に気が滅入る。と、思ったその時。

「歌？」

　かすかだが、歌声がきこえる……ような気がする。

　いや、声というより、魔力が乗った振動のようなものを感じる。

耳に意識を集中しても、やはり音そのものは聞こえない。

おそらくは遠方より届いた、魔力を込めた歌声。声がとどく限界よりも、魔力の余波が長かった為、それを感じ取れたのだろう。

その魔力とて、残滓のごとく微弱なものだが、私のように魔力を多く持つ者は、本能なのか、自分以外の魔力にも敏感だ。

かつて『魔物や魔獣が、魔力の高いエサを探すのと同じですね』とダニエルに言われた事もある。

今回も、クラーケンをおびき寄せるため、私をエサにするような作戦を立てるヤツだし、私もそれを名案と思って即採用したわけだから、あながち間違っていないんだろう。

この作戦を知ったジャックは、その金髪をかき乱して反対したが、二対一の民主主義によりヤツの異議は却下された。

私は王族だし、国は王政だが、私個人は臨機応変な政《まつりごと》を心がけている。

実際、クラーケンは釣れたし、深手を負わせたから作戦は成功した。

ただ、間抜けな私が遭難しているだけだ。

それはともかく、こんな場所で、誰が歌などを？

考えるまでもない。私は当然のように思いつく。

海で歌う存在など、子供でも知っている。

「人魚が近くにいるのか？」

であれば僥倖。

人魚は苛烈な海の狩人として知られるが、礼をもって接すれば礼で返してくれる戦士でもある。

遭難した船乗りが人魚に助けられ、恋仲になるという話も聞き及ぶし、情にも篤いのだろう。

理由を話せば手を借りられるかもしれない。

私はあてにならない太陽を見上げて歩くより、魔獣のカン、もとい乙女のカンと耳を頼りに、か細い歌声をたどることにした。

08　二匹目のエサ（魔魚ハンティング　二日目・昼過ぎ）

島へ戻ったオレたちは、リーデルが用意してくれた遅い昼食を食べながら、失敗報告と新たな作戦立案に入っていた。

「オーガ殿。問題は二つ。再び誘い出す方法と、鎖を切られずに釣り上げる方法だ」

今回の失敗は、まったくの想定外だった、鎖の強度不足だ。

結果として、誘い出すところからやり直しになったわけだが、今度は魔魚も警戒しているだろう。

「同じ方法でまた誘い出せないか？」

オレは肉がはみ出るサンドイッチをほおばりながら、ロナにたずねる。

「いや、ダメだな。私の歌声はすでに覚えられた。顔も見られただろう」

「顔はもともと見られていたんじゃないか？」

この島へ生首姿でやってくるまでに、一戦やりあっているはずだが。

「昨晩は歌で誘ったわけではなく、不意をうってしかけたし夜だった。顔を覚えられていなかったからこそ、今朝は誘い出せたのさ」

「なるほどね」

悔しそうな顔でサンドイッチをほおばるロナだが、口の中をもごもごさせるたび、表情が柔らかくなっていく。

「しかし、このサンドイッチという食べ物は素晴らしい。昨晩も頂いたが、本当に美味いな！　かかっているソースも初めて口にする味だ！」

ロナが手にしているのは、オレと違って具は完全に野菜のみだ。

母親のように病気を治す為などでない限り、好んで肉などは食べないらしい。

普段は主に貝や海藻などを食べているそうで、初めて口にした野菜サンドをいたく気に入っているようだ。

「んじゃ、どうするよ？」

「どうしたものかな。オーガ殿、リーデル殿、何か良い手はないか？」

投げっぱなしてきやがった。

しかし誘い出すのに人魚の歌が必要ってんなら、よそから人魚を連れてきて、手伝ってもらうしかないんじゃないか？

「……坊ちゃん。私の魔道具ではどうでしょうか？　エリー先輩ほどの性能はございませんが、それゆえ音質が劣化して音が変わります。聞きようによっては別人の歌に聞こえるのでは？」

「ああ、例の録音機か」

今のところ、録音した音が正確に再生されず、その改善をしている途中だったが今回はそれがちょうどいい。

「オーガ殿、録音機とはなんだ？」

ロナが首をかしげる。海にあんなものはないか。

「声や音を記録して、いつでも聞けるようにする魔道具だ。リーデルは魔道具技師なんだよ」

「み、見習いです！　一人前にはほど遠く、私の先生に比べればまだまだです」

リーデルは謙遜しているが、比べる相手が悪い。

エリー先生は魔道具の大家だ。

「オーガ殿の反応からして便利な道具なのだろう？　リーデル殿、それはすぐに使えるものか？」

「録音と再生はできます。再生を長時間繰り返すというのであれば、都度それなりの魔力補充を要します」

「ああ、それはオレがやるからいいんだが……」

これでおびき出すための歌はなんとかなる。

残る問題はエサ役だ。

ロナの顔が割れている以上、別のエサ役が必要になる。

「リーデル殿、もしよければ……」

「ダメだ」

ロナの声と視線がリーデルに向くが、オレは即座に否定する。

おおかたリーデルを人魚に見せかけて、って話だろ？　ダメに決まってる。

「……坊ちゃん」

「ダメだ」

リーデルは他に手段がないのでは？　という顔でオレを見るが、ダメなものはダメだ。

「なら、どうするオーガ殿？」

「それは……あ、そうだ、リーデルの幻影なら！　……いや、今の無し」

何でもできるメイドさんの特技の一つ、サキュバスの幻術を使ってロナの姿を変えればいいと思ったが、それだと結局リーデルが同伴する必要がある。

手をつなぐほどではなくとも、距離が離れすぎると、リーデルの幻術は解けてしまう。

「リーデル殿はそんな事もできるのか？」

「はい。ですが幻術をかけた相手が、私から離れてしまうと解けてしまいます」

「ほうほう？　それでも素晴らしい術だ。目の前にある問題が全て片付くぞ？」

ロナにジッと見つめられる。

責めているわけではないようだが、次善の策はあるのかとその目が問いかけている。

と、唐突にロナが思いついたように手を叩く。

「いや、待て。ふむ？　ふむふむ、ふーむ？　幻術が駄目、となれば……」

オレの顔を見ながらロナが立ち上がり、リーデルの横に立つ。

「リーデル殿」

「は、はい？」

「オーガ殿はなかなかに男前だな？」

「え、ええと？」

なんだ？　何を言い出すんだ、この人魚は？

「こういうのはどうだろうか？」

リーデルの耳元に口を寄せて、なにやら内緒話を始めた。

目の前でそんな事をされると気になって仕方ないのだが、女同士の話と言われると厄介なので、オレはなるべく聞かないフリをする。

「えっ!?　それは、さすがに」

「そういった道具はないか？　魔道具技師なのだろう？」

「そういったものは、そもそも魔道具ではありません。一応、手持ちの予備や道具などで出来ない事もありませんが……」

リーデルがチラリとオレを見る。

「ぼ、坊ちゃんのお許しがないと……」

「それもそうか。オーガ殿」

「んお？　なんだ？」

「誘い出すエサの代役も、鎖の強化も解決できる良い案があるぞ。オーガ殿が少し協力してくれるだけでいい。リーデル殿はもちろん留守番。それならどうだ？」

自信満々といった顔のロナの後ろで、リーデルが何か言いにくそうな表情をしている。

「そんないいアイデアがあるならやるけど、どうやって？」

そこまで都合のいいアイデアが、ポンと出てくるもんだろうか？

「なに、たいしたことじゃないさ。オーガ殿がエサになれば良い。オーガ殿の魔力は私より上だろう。鎖の距離も強度も増すし、良い事づくめだ」

「魔槍の腕輪をオレに貸すって事か？　いや、そもそもオレにエサ役は無理だろ？　人魚にしか食いつかないような面食い魚をナンパできる自信はねーぞ？」

ロナがニヤリと笑い、リーデルは困ったような顔をした後、苦笑した。

09　オーガの坊ちゃん、オーガのお嬢様になる　（魔魚ハンティング　二日目・昼過ぎ）

「できました」

「ほう。やはり私の目に狂いはなかったな。オーガ殿にも見せてやってくれ」

「……坊ちゃん、いかがですか？」

こわごわとオレに手鏡を差し出すリーデル。

その隣で腕組みをしてオレを見ているロナは、満足そうにウンウンと頷いていた。

「……」

オレは絶句という言葉を初めて体験した。

「お、お似合いですよ、坊ちゃん……その、怖いくらいに」

硬直したオレを気遣って、リーデルがいつもの三倍くらい優しい声をかけてくる。

そんな優しさはいらない。

「うむ、オーガ殿。これまさに絶世というのだろうな。我々の群れの中でもこれほどの者はおらんぞ」

オレは手鏡の中に写る自分を見て、無意識につぶやいていた。

「これが……本当にオレ？」

手で顔をさすれば、手鏡の中の〝美女〟が同じ動きをする。

ほほをなでる感触もあった。

そう。

ロナのアイデアとは、オレが女装をすることだった。

確かにオレが女の姿になれば、録音再生機を岩礁に持ち込み、ひとりで操作もできるし、腕輪を預かって鎖を作り出すこともできる。

加えてロナよりも魔力が強いため、魔力鎖の強度問題も解決するだろう。

そして最初の作戦通り、岩礁での引き上げ担当を継続して、ロナは最初から海に身を隠していられる。

むしろ、最初から陸地担当のオレが岩礁で対処できるぶん、この方が都合がいいまである。

完璧だ。

全て完璧じゃないか。

問題はオレが女装しても女に見えるかどうか、その一点だけだった。

リーデルがオレにロングヘアのカツラをかぶせて化粧を始めた時、絶対に目も当てられん化け物に仕上がると思っていた。

思っていたのに。

「く、くやしい……でも、美人！」

自分の素材の良さ、というよりもリーデルのメイク術の卓越さの成果だろう。

というか、カツラなんてなんで持ってたんだ？　聞くと、今、ロナが着ている青い水着は、ウィッグに合う水着という事で、エリー先生にセットで頂いたものらしい。

長髪に似合う水着、という事だろうか？　正直、よくわからん。

だが、エリー先生が関与しているなら、水着やパレオ、カツラまで持っていた理由も納得できる。

リーデルは頂いたと言っているが、前回だってお揃いの水着を着ていたし、エリー先生の趣味で押し付けられた可能性だってある。

弟子というのは師の言葉に従うべきだ。どんな理不尽にも笑顔で耐えねばならない。

リーデルも大変なようだが、結果として今、ピンチを救う手段となったのは間違いないので感謝だけはしておこう。

「うーむ、しかしコレは……」

オレは手鏡を、横にしたり上にしたりして、角度を変えてみるが、どっからどう見ても美女であった。

「スゲーな、リーデル」

「流石だ、リーデル殿」

オレとロナが口々に出来栄えを誉める。

「きょ、恐縮です。あ、あの、せっかくですから、一枚……その、記念に写真など……」

いつの間にかリーデルが自分の足の間に、ベータレインボーを潰れる勢いで挟んで確保していた。

確かにメイクの完成度は高いが、写真に残さるのはカンベンだ。

「いやいや、どういう記念だ。オレの生涯に残る恥を形で残す気か。しかもベータの方じゃねぇか。ロクな写真とれねーだろ、そっちは」

前回もレインボーにはヘンな写真を撮られているから、今回はゴメンこうむる。

「で、では、アルファで！　こちらに来なさい、アルファ！」

足の間から蹴っ飛ばされて、部屋のスミまで転がっていくレインボー。かわいそう。

代わりに近くの壁にへばりついていたアルファをわしづかみにして、オレの前に突き出すリーデル。

アルファの眼球に指が入って痛そうだ。こっちもかわいそうだ、やめてやれ。

「いや、だからね。こんなオレの恥ずかしい写真撮ってどうするつもりだよ？」

「そ、そ、その。なんというか、ええと」

「オーガ殿。付き合いの長いリーデル殿の頼みだろう？　理由なぞ聞かず、黙ってうなずいてやれ。それが格好の良い男というものだぞ」

「むう」

イケメンなセリフが飛んでくる。

アルファの撮影ならモノクロになるし、こんな恰好なら他人が見ても、オレとはわからないだろう。

「わかったよ、一枚だけな？　ただし絶対に他人に見せるなよ？　特に親父とかリーデルパパとか」

「も、もちろんです！　私だけの宝物、ええと、記念写真です！」

結局、勢いにおされて写真を撮られるオレ。

一枚だけだっつってんのに、パシャパシャと撮り続けるリーデル。

かわいそうに、アイちゃんの目玉が充血するほど撮られまくった。

しかも、だ。

「とってもいいですよ、坊ちゃん。あ、ちょっと上を向いてください。それから見下すような視線をください」

とか。

「今度は逆にうつむいて、そう、上目遣いで私を見て……切ない乙女心の目線になって！　あ、そうそう、それです、それです！」

とか、色々とポーズまで指定された。

乙女心の目線ってなんだよ？　この子大丈夫かしら？

というわけで、手段に関しては遺憾ながらも、エサの代役と鎖の強化という二大問題点が一気に解決した。

あとは準備として、リーデルの魔道具にロナの歌を録音するだけだ。

さっそくリーデルが録音機を用意して準備を始めたものの。

「んっんっ……ノドの調子があまり良くないな」

咳払いを繰り返すロナがチラチラとこちらを見てくる。

「長い時間、歌っていたし、無理すんなよ？　少し休憩してからにするか？」

「いや、こうしている間にも魔魚は回復している。時間を置きたくない。なに、何かノドを潤すものがあれば大丈夫だ。具体的には香り豊かで……」

もはや皆まで言うな状態だ。

オレはリーデルに向かって肩をすくめると、リーデルが苦笑した。

「アイスでご用意いたしましょうか？」

「カフェオレで頼む！」

すっかり中毒だ。

「坊ちゃんもいかがですか？」

「そうだな。みんなで休憩がてら……せっかくだし、外に出て浜辺で優雅にお茶としゃれこむか。録音の為に歌うのは、外でもいいか？」

「ああ。この部屋の中で歌うとなると響く。むしろ外の方が良いだろう」

言われてみれば、あの大声量だ。

コアルームみたいな閉鎖空間で、耳にするのはシンドイかもしれん。

どれだけ美声で上手い歌でも、鼓膜の限界値というのは変わらない。

というわけで、リーデルが用意した三人分のアイスカフォオレと録音再生の魔道具を持って、オレたちは浜辺へ移動することにした。

クラーケンを見た時に片づけていた、ビーチチェアやテーブルも出して並べていく。

魔道具の大きさは、リーデルがギリギリ抱えて持てるぐらいの大きさと重さだ。

オレはそれを小脇に抱えて持ち出し、浜辺に置く。

リーデルが、録音に必要な新品の記録板をセットする。

この魔道具は専用の板に録音して保存するタイプだそうで、板を取り換えることで任意の記録が再生できるしくみだ。

エリー先生くらいになると超小型で同等以上の性能になり、板などの使い捨て型の記録媒体も不要になるらしい。

お手本としてエリー先生から預かっているという魔道具を見せてもらったが、ちょっと大きめのペンダントぐらいの大きさしかない。

だと言うのに、リーデルのものより、録音時間は長く、再現性も完璧、消費魔力も少ないという魔道具だ。

ちなみに録音してあるサンプル記録を聞かせてくれといったら、リーデルが顔を真っ赤にして、企業秘密がどーとかこーとかで断られた。

師弟の間でしか公開できない技術もあるかもしれんし、これは安易に聞いたオレが悪かった。

しかし素人目から見ても、あれほど高性能で小型化された魔道具を作り出す腕前を目指すというのも大変そうだ。

ゴーレムマスターとして、オレが師匠の領域を目指しているのと同じくらい苦労しそうだが……

オレもリーデルもいい師匠に恵まれたな。

やがて録音準備が終わり、リーデルの合図でロナが歌い始める。

海で聞いていた時もすごかったが、間近で聞くと大迫力だ。

どこまでも届くような声量でありながらも、いつまでも聞いていたいと思える美しい旋律。

「す、すごいですね」

「だよな」

初めて聞くリーデルは、さっきのオレのように聞きほれていた。

しばらくはそうしてロナの歌う姿を眺めていた。

＊＊＊

「ふむ、確かに私の歌だが私の声ではない。不思議だな、この魔道具は」

確認の為、録音したロナの歌声を再生すると、ややかすれたようになった音で再生された。

確かにこれなら別人の声のように聞こえる。

「しかし音が小さいのが気になるな」

「あ、それでしたら、ここで調整ができます」

リーデルが魔道具についている丸い魔石の一つを、ひねるように回すと、それにつれて音が大きくなる。

「これでいっぱいですが、どうでしょうか？」

最大にすると、さきほどロナが歌っていたぐらいの音量まで上がっていく。

「これなら大丈夫だろう」

ロナのお墨付きがでた。

「坊ちゃん。最大音量で再生を続けると、それだけ魔力消費も激しくなります。魔力が残っているうちはこの魔石が蒼く発光しますが、減っていくにつれて光も弱くなります。使用の際は魔力補充をしながらの方が確実かと」

「ほいほい、了解。で、ロナ？　早速行くのか？　お前さんも歌い疲れてるだろ？」

鎖がちぎれるまで魔力も使っているし、疲労もたまっているはずだ。

そして今までずっと歌いっぱなしだった。

まだ夕方という時間でもないが、日差しもずいぶん弱くなっている。

もしまた長丁場になって、暗くなった海でやり合う事になる危険性を考えれば、仕切り直して明日の朝の方がいいんじゃないか？　と、オレは考えたのだが。

「いや、すぐに出た方がいい。日が暮れるまでまだ時間はある。できれば今日中に決着をつけたい」

「タフだな。だが、魔魚もあんな目にあったばかりで、また人魚なんて狙うもんかね？」

魔魚もバカってわけじゃないだろう。

警戒して、近づきすらしないんじゃないかと思うんだが。

「あんな目にあったからこそさ。傷も深く、残された魔力もかなり少ないはずだ。魔力の回復の為にも人魚は最適だ。私と違う歌声が聞こえてくれば、すぐに近寄ってくるだろう」

あちらさん、切羽詰まってるってワケか。

「だが、人魚以外の獲物でも、食らい続ければそれなりの糧になる。そうなれば危険を冒してまで、人魚を狙わなくなるかもしれん。どちらにしろ、時間は置かないほうがいい」

「なるほど、納得したよ。なら行こうか？」

オレは魔道具を肩に担ぎ、大き目の毛布を持って外に向かう。

「坊ちゃん、お気を付けて」

「なーに、さっきもやりあったが、人食い魔魚とは言え、デカいだけの魚だ。引き揚げちまえばコッチの勝ちだ」

確かに思ったよりデカかったが、それでも魚だからな。

人食い魚っていうフレーズにビビっていたが、報酬を考えれば乗って良かった話とも思える。

「では、行くぞオーガ殿」

「あいよ」

＊＊＊

こうして、さきほどの岩礁地帯に舞い戻ってきたわけだが。

「さっきロナが歌っていた岩礁だとちょっと狭いな」

オレはロナの曳《ひ》くシャーリーンに乗ったまま、後部座席に積んである魔道具を見る。図体のデカいオレに加えてこの荷物、さらには魔魚を引き上げる事も考えると、別の岩礁の方がいいかもしれない。

「私はどこでも構わんぞ、オーガ殿。ぐるりと回るか。あちらにもいくつか大きめの岩礁が見える」

「おう、見に行ってみよう」

少し離れた場所にも岩礁が固まっており、波が白く打っている。

ロナがゆるゆると泳ぎながらそちらへ向かい、岩礁の間を縫うように泳いで見て回る。

その中に、先ほどロナが歌っていた岩礁よりも、倍は大きい足場を発見した。

「お、ロナ、あの岩礁にしよう。だいぶ広いぞ」

「……うーん、いかにもおあつらえ向きな岩礁だな」

「ああ、まったくだ」

「いや、オーガ殿。私はそういう意味ではなく……まぁいい。先客がいてもそれはそれで構わんさ」

「先客？」

それにロナは答えず、一際大きな岩礁へ近寄る。

「おっ、やっぱりいいカンジの足場だな」

岩礁に横づけにしたシャーリーンの上で立ち上がり、オレは魔道具をわきに抱える。

そして、あちこちに生えている苔に滑らないよう、慎重に飛び移った。

「よし。早速とりかかる」

「うむ、まかせた」

そうして魔道具を設置するため、なるべく平らな場所を探して岩礁を見回した時。

「……なんだあれ？」

「どうした？」

「いや、なんか布みたいなもんが、岩の向こうにひっかかってる」

「ああ、やっぱりな。先客がいるんだろう。言っただろう、おあつらえ向きな岩礁だと」

岩礁の真ん中に大きく突き出る突起があり、その陰から何かがヒラヒラと風に揺れている。

「先客？　さっきもそんな事言ってたけど、なんのこと……ひぃぃぃい!?」

オレが突起の反対に回り込むと、そこにはボロボロになった服をまとった白骨体が転がっていた。

「ロ、ロロロ、ロナ！　人が！　人が死んでる！」

「ふむ、どれ」

ロナが岩礁を泳いで回り込み、海から飛び跳ねると、なんと白骨体の横へ座り込んだ。

「ずいぶんと長居していたようだな。さぞここが気に入ったのだろう。生きていれば陸へ届けてやるのも人魚の倣いだが、少しばかり遅かったな」

オレが慌てふためく横で、ロナはその人骨を観察する。

「見ろ、オーガ殿」

「見たくないんだが」

「では聞け。服からして海賊だ。仲間を裏切った者が、こうしてよく置き去りの私刑にされる。その際、手枷と足枷をされる。あとは二つに一つ。一縷の希望を持って海へ飛び込み陸を目指すか、さもなければ、通りかかる船に希望を託して飢え死にするかだ。この先客は後者だな。そうして息絶えた後に」

「後に？」

「今度は上を見ろ」

「上？」

見れば、大きな空のあちこちで、白い鳥がツバサを広げて飛んでいる。

「海鳥だ。美しい羽根色だろう」

「おお、青空に映える白だな」

「あの見た目で腐肉を好む肉食鳥でな？　岩礁付近の空でよく群れているのは、こうして置き去りにされた罪人や、難破船などで海に投げ出された者がたどりついた後、自分たちのエサになるのを待っているためさ。この客人もさぞ、海鳥たちに喜ばれたことだろう」

「……」

厳しい海の掟を知ってしまった。

「死体なんて人魚なら皆、慣れっこだぞ。夜の波間で月だけを相手に独りで歌う時もあれば、賛辞も喝采も送らない、こうした無口な客の横で歌う事もある。それもまた粋だろう？」

いや、鳥に食い散らかされた白骨死体の横で歌うとか、とうてい理解できんわ。

「ともかくオーガ殿。準備を進めてくれ。あまり遊んでいると、ヤツに回復する時間を与えてしまう」

「え、いや、ここで？　こちらの方もゆっくりお休み中だし、別の岩場にしない？」

「ここが一番広いのだろう？　この先客もオーガ殿の邪魔をする事はない。大丈夫だ」

何も大丈夫じゃない。しかし時間が惜しいのも確かだ。オレは物言わぬ先客へ、お邪魔しますと小さく挨拶した後、脇に抱えていた魔道具をそっと置いて、準備を始めた。

10　美人薄命（魔魚ハンティング　二日目・昼過ぎ）

「さて、上手くおびき寄せられるか？」

オレは魔道具に魔力を込めてから、リーデルから教えてもらった手順通りに操作を始める。

すると、小さな音量でロナの歌が再生を始めた。

「んで、ここにはめられた魔石を、くるくるくるっと」

魔石を最大まで回すと、体の奥まで痺れるような振動をともなって、かすれたロナの歌声が大音量で周囲へ響いていく。

蒼く発光していた魔石の光が、しだいに弱くなっていく。

「お、大音量だと魔力消費もスゲーな。ほとんど魔力を注ぎっぱなしにしないと、音が途切れそうだ」

オレは魔力残量が無くならないうちに、もう一つの準備を整える。

顔はリーデルの手によって美人に仕立てられたが、脚ばかりはどうにもならない。

というわけで短パンの水着の上から、用意しておいた毛布を腰に巻き付ける。

足先は出ているが、そのまま海へと脚をつっこむ。

これでパッと見は尾びれを優雅に海にひたした、ちょっとガタイのいい、美人人魚のできあがりだ。

「いや、待てよ？　よく考えたら、こんなデカい人魚がいるか？」

ちなみに上半身はアロハのままで、胸元はリーデルが詰め込んだピンクのタオルで、おっぱいの形を整えてボタンを留めている。

しかしオレの肩幅と骨格からして、おっぱい、というより大胸筋にしか見えないのでは？

実際、ウチの親父がこんなカンジのシルエットだしな。

冷静になって考えると、ただ顔が美人になっただけで、その他全部がオーガって、やはりただの化け物では？

もし今の自分が夜道で前から歩いてきたら、オレはその不気味さにきっと声をあげて逃げ出すだろう。

しかし今さらどうにもできんし、せいぜい魔魚が面食いでない事を祈るしかない。

などとバカな事を考えていたところ。

「お？」

遠方に小さな波しぶきが立った。目をこらす。ジッと見る。間違いない。

「ホントに来たか」

ロナの歌とは違う声と認識したのか、海面を裂くようにして背ビレがまっすぐに向かってくる。

後ろを振り返れば、海の中から頭だけ出した生首状態のロナと目が合う。

コクリと頷き返された。

オレは再び、迫る背ビレに目をやる。

午前中の初戦、ロナはかなり近い距離まで引き寄せていた。

開始の距離が近いほど、その後が、綱引きはラクになるからな。

オレもギリギリまで気づかないふりをしつつ、右手にはめた腕輪に魔力を流し込むタイミングをはかる。

ちなみにロナの腕輪だが、彼女の手首にピッタリのサイズだったので、どうしたものかと思ったが、受け取ってみると銀の土台部分は柔らかい素材で伸縮し、オレの太い手首にすんなりとはめられた。

むしろ、これだとすっぽ抜けないかと聞いたら、魔力を流し込んで鎖が発動すると、その時のサイズで硬質化するらしい。

さすが魔道具、色々と面白い機構が備わっている。

「どこまで待つか。近けりゃ近いほど引っ張り上げる時に有利だしな」

ジワジワと近づいてくる魚影。

背ビレのやや後ろには、魔槍が今もしっかりと刺さっているのが見て取れる。

「……」

あまり見ていると罠だと気づかれそうなので、歌ってるフリの口パクをしつつ、横目で背ビレの位置を確認する。

少しずつ。

ゆっくりと。

だが確実に。

やがて今朝のロナが鎖を発動した距離ぐらいまで、魔魚が近寄ってきて……同じように動きを止めた。

あの時はここで魔魚が、すぐに方向転換したが今回はどうだろう？

しばらく動きを止めていた魔魚だったが、わずかに背ビレがゆれて……くそっ、背を向けた！

逃げる！

「こんないい女をソデにしてんじゃねーぞ！」

オレは腰に巻いていた毛布を取り払い、しっかりと岩場の凹凸の上で踏ん張ってから腕輪に魔力を流し込む。

すると明らかにロナの時よりも太い魔法の鎖が空中に生まれ、魔魚の背中に刺さる槍へとつながった。

「流石だ、オーガ殿！　助力する！」

ロナが隠れていた岩礁から飛び出し、オレの前に陣取ってピンと張った鎖を引っ張る。

初戦とは違って腕輪を着けているのがオレなので、ポジションも入れ替わっている。

今、オレと魔魚の間の海中に、ロナが入りこんでいる状態だ。

このフォーメーションで岩礁ギリギリまで魔魚を手繰り寄せ、ロナは逆撃《ぎゃくげき》される前に離脱、最後はオレが気合で岩礁の上に引きずり上げる予定だ。

その時点で、なお魔魚に余力があり、引き上げることが無理そうなら、岩礁に引き付けたまま体力切れを狙う持久戦に切り替える。

オレならロナよりも魔力的に耐久時間は長くなるだろうし、なんなら動きが制限された魔魚をシャーリーンに命じて攻撃させる手もある。

いくら人食い魚とは言え、ゴーレムのボディには文字通り歯が立つまい。

とは言え、攻撃できる装備はないので、シャーリーンパンチかシャーリーン体当たりぐらいしかできないが、シャーリーンの質量と拘束力で羽交い絞めにするだけでも、魔魚の体力は奪えるだろう。

そうこうしているうちに、鎖で手繰り寄せた魔魚の背ビレが近づいてくる。

魔槍から出た返しの刃《やいば》は、魔魚が暴れるたびに傷をつけ、辺りに血を飛び散らしている。

「だいぶ消耗しているようだな。ロナ、これならいけるだろ！」

勝利の予感が、確信めいたものに変わる。

「む……」

だがロナの顔に喜色はない。

むしろ腑に落ちない、そんな顔だ。

「どうした？」

「いや、思った以上に抵抗する力が強い。大きな魔魚ではあるが、あれだけの深手を負っていて、あそこまで余力があるのは妙だ。それこそ噂にしか聞いたことのない、きしょう……もしや!?」

ふと何かに思い当たったように顔をあげ、ロナがオレに向かって叫ぶ。

「すまん、オーガ殿！　私は見誤った！　奴はすでに回復している！　いや、それだけじゃない、用心しろ！」

勝利も目前だというのに、ロナはなぜそんなに焦っている？

ロナの言葉の意味がわからず、キョトンとした瞬間。

それまで海面で暴れていた背ビレが〝増えた〟。

いや、背ビレじゃない。

――それは羽根だった。

海中から突き出た巨大な蒼い羽根が海中で羽ばたき、〝それ〟が海から飛び出した！

「は？」

空中に現れた〝それ〟は、羽根を生やした巨大魚だった。

「はあぁぁ!?」

ブワリと羽ばたき、一瞬だけ中空に留まった魔魚の鼻柱がオレに向く。

その黒い瞳と視線があった。

次の瞬間。

再び、海面で弾けるように羽ばたき、飛び跳ね、その巨大な口を開けてオレに迫ってきた！

「伏せろ！　食われるぞ！」

「うおおお！」

ロナの声で硬直していた体が動く。

尻もちをついたオレは、そのまま仰向《あおむ》けになって、岩礁に張り付くように伏せた。

寸前までオレの体があった場所を、魔魚がカッ飛んでいく。

「うおっ！」

すれ違いざま、その鋭い牙がアロハにひっかかり、詰めていたピンクのタオルごと食いちぎられた！

怖えぇぇぇ！

オレのおっぱいを食いちぎった魔魚は、音と水しぶきを立てて再び海へ潜っていったが、魔力の鎖はさほど張っていない。

近くにいる！

「な、なんだよ、ありゃあ！」

オレはロナに叫ぶように問いかける。

「希少種だ！　魔魚は食った獲物から魔力を蓄えるが、希少種はその魔力を使って食った獲物の特徴を模倣できる！　奴はおそらく海鳥を食った！」

「希少種!?　なんだそりゃ！」

「平たく言えば、ものすごく強い魔魚だ！」

ご丁寧にどうも！　見りゃわかるよ！

その、ものすごく強い魔魚が海の中から羽ばたき、またもオレへと襲いかかってくる！　ひいっ！

「くおっ！」

とっさに横へと転がってかわす。

「あ、しまっ……」

オレの背後にあったリーデルの録音魔道具に、魔魚が食らいついた。

バキンという派手な音とともに、岩礁の上に粉々になった部品と破片が飛び散る。

ああああ！　すまん、リーデル！

そのまま派手な音と水しぶきを立てて、またも海へ潜っていく魔魚。

羽根があるとは言え、飛び続ける事はできないようだ。

飛ぶ、というより、跳ぶ、が精いっぱいなんだろう。

とは言え、デカい魔魚から、デカい魔トビウオになった差はデカい。

安全だった岩礁が、危険な踊り食い会場になってしまった。

もちろん踊り子はオレだ。美人薄命とは言え、あまりに短すぎる！

オレは視界の邪魔になるカツラを投げ捨て、うっすらと見える魚影を追う。

「オーガ殿！　奴はその鎖をたどって狙いをつけている、一度、魔力供給を止めて鎖を消すんだ！」

「おうよ！　……あれ？」

すぐに腕輪への魔力供給を止めたが、すでに流れ込んだ分の魔力が鎖を保持しているようだ。

その鎖がぐんっと引かれ、腕輪ごと腕が持っていかれる。

やばい！

「うおっ、力、つよっ！」

腕輪を外す間すらない。

というか、ピッタリサイズで硬質化した腕輪が手首から抜けん！

「うわっ！」

足元が滑る感触と同時に、オレの全身をふわりとした浮遊感が包みこみ、次の瞬間！

「うわっぷ！　こぼっ、こぼぼっ！」

激しく水に打ち付けられた！

やばい、海に引きずり込まれた！

「オーガ殿！　はやく上がれ！　奴が来るぞ！」

「げっ」

オレが落ちた水しぶきに反応したのか、魔魚がこちらへ急に方向転換して、羽ばたきながら水面を跳ねて迫ってきた。

開かれた魔魚の大口には、無数の牙が生えているのがイヤでも目に入る。

アレにかじられたら、頑丈なオーガといえどおしまいだ！　プカプカ浮いている場合じゃない！

「うおおおっ」

すぐさま岩礁に登ろうとするが、苔で滑って指がかからない。

もうそこまで魔魚が迫っている！

「オーガ殿！　海の中だ！　潜れ！」

「くっ!」

とっさに海中へ身を潜らせる。

海面スレスレに狙いをつけていた魔魚の腹が、オレの前髪とこすれるように交差した。

オレの代わりに、先客だった白骨の海賊が丸のみにされ、バキバキという咀嚼音とともに海へと消えていく。

間一髪とはまさにこのこと。

何とか回避したが、状況が最悪なのは変わらない。

「ぶはっ!」

海中から出て再び岩礁に指をかけるものの、やはり滑るばかりで、手がかりすらつかめない。

岩礁にあがる事ができないのであれば……!

「来い、シャーリーン!」

オレは少し流されたところに浮いていたシャーリーンに念じて、こちらへ向かわせる。

「速く早く速く早く速く早く!」

魔魚がターンをして、再びこちらに口を向けた!

張っていた鎖がゆるみ、魔魚が急接近している事がイヤでもわかる。

滑り込むようにしてやってきたシャーリーンの腕につかまり、すぐに全開で走らせる。

「オーガ殿! 一度、島まで引こう! どのみち岩礁《こ》の足場ではかわしきれん!」

「了解! ロナ、喰われるなよ! 先に行け!」

半身を出して泳ぎ始めたロナにオレも続く。

魔魚は海面を跳ねるように飛び続けて追ってくるが、潜っていた時よりも移動速度が遅い。

ロナも言っていたが、半身を出して泳ぐと遅くなるのは魔魚も同じか。

生やした羽根があだになったな。それでもジリジリと距離は詰められている。

「くっ……」

リーデルの待つ島はすでに見えている。

見送ったまま帰りを待っていたのか、海岸にはリーデルの姿もあった。

オレたちの後ろで海面を飛び跳ねる魔魚を見て、ずいぶん驚いているようだ。

そりゃそーだ、魚が魚してねーんだもんな。

「このまま、なんとか……ッ！」

あと少し、もう少しで島にたどり着く。

魔魚の開かれた大口も、すぐそこまで迫っている。

もはや手足が届きそうな距離！　こわい、めっちゃこわい！

「オーガ殿、上から来るぞ！　かわせぇ！」

ロナの声と同時に魔魚が大きく飛び跳ね、オレとシャーリーンを上から襲ってくる。

「うひっ！　シャーリーン、頼む！」

シャーリーンから手を離し、その硬いボディを盾にするようにして、オレは海へと飛び込んだ。

ガンッという音とともに激しい衝撃と重量が、シャーリーンを通してオレの背中にのし掛かり、
オレはさらに深く海へと沈む。

のっかかってきた？　かと思ったのも束の間、シャーリーンのボディが何度もゆれている。

いつの間にか海中に潜り、ゴボコボしていたオレの側に来ていたロナが、手を掴んでシャーリーンから引き離してくれた。

「ぶはっ！」

海面に顔を出し、シャーリーンの方を見ると、魔魚がその左腕に食らいつき、巨体と羽根を大きく振って食いちぎろうとしていた。

さすがに硬度の高い魔鉱石のパーツを、牙で食いちぎるのは無理だろう。

はからずもシャーリーンが囮になっているうちに、撤退なり、距離を取るなりしたい。

魔魚とシャーリーンを見ているロナに問いかける。

「ロナ、仕切りなおすべきか？」

「ゴーレムは良いのか!?　あのままでは、破壊されるのではないか!?」

ああ、シャーリーンを心配してくれていたのか。

「大丈夫だ、そんなにヤワな造りはしてないし、離れても呼び戻す事ができる！」

「であれば島まで戻ろう。オーガ殿、潜るぞ！　水中でけん引する、息をとめろ！」

「わかった……うおっ、うぶぶぶっ！　げほっ！　うべべっ！　がはっ！」

返事もそこそこに、海中へと引きずり込まれた。

ロナがオレを引っ張りながら、水の中を泳ぎ始める。

ものすごい速さだ。

全身を潜らせたロナの泳ぎ、つまり本気の人魚の泳ぎというのは、オレの巨体を曳《ひ》いてなおこれほどか。

いや、見れば尾びれに例の魔法紋が浮かび上がっている。本気の全力というわけだ。

時折、息継ぎで海中に出てくれるロナ。

だが魔力鎖はいまだ健在。

このままだとすぐに鎖が張り詰めて、魔魚にこちらの位置を知られてしまう。

伸ばす事も出来ると言っていたが、魔力を流せばまた鎖の消滅までの時間が延びる。

「お、やっとか」

そう思った瞬間、腕輪にこもっていた魔力をようやく使いきったようで、蒼い鎖が消滅した。

魔力を止めても、三十秒ぐらいは鎖が維持されていた。

魔槍と腕輪をつなぐ魔力鎖。

最初にロナから説明を受けた時は、なんて便利な魔道具かと思ったが、使ってみると色々と難がある。

魔力が続く限り鎖は維持できるが、獲物を引き寄せるにはたぐりよせるしかないのが面倒だし、魔力を込めすぎると、すぐに解除できなくなるのもマズい。

特に今回のように相手が逆撃してくるような相手だと、かなり危険なハメになる。

ロナに腕を引かれながら、なんとか島までたどりついた。

「坊ちゃん！　ご無事ですか!?」

双眼鏡を胸からさげていたリーデルが駆け寄ってくる。

「海水は飲みまくったがな。リーデル、それ貸してくれ。戻れ、シャーリーン！」

オレはリーデルに借りた双眼鏡をのぞきこみながら、海の向こうで魔魚と格闘しているシャーリーンに念じる。

「……く、ダメか」

双眼鏡の中では、魔魚に食らいつかれたままのシャーリーンが、尾びれに仕込んだスク竜から全開の波しぶきをあげている。

しかしトルク的に拮抗しているせいで身動きがとれず、このままではこちらに戻ってくる事ができない。

……残念だが仕方ない。

「左腕を切り離す。シャーリーン！　左肩蒼球関節への魔力供給をストップ、同時に全力離脱だ！」

念じた瞬間、魔魚ともみ合っていた水しぶきが二つに別れ、同時にシャーリーンがこちらへ全力で帰還を始める。

一拍遅れて、それを追うように跳ねあがる魔魚の羽ばたき。

魔魚もしつこいな！　ケガしてんだからお大事にしてろよ！

「リーデル、念のため、洞窟の中に戻るぞ！」

「は、はい！」

一方でロナは水際で、人魚姿のまま横たわっている。どうした？

「ロナ、早くあがれ！　ケガでもしたか!?」

「……今の泳ぎでっ、一気に魔力と体力を、使いすぎたっ！　足を、変えられんっ！」

離脱中のロナの尾びれには魔法紋があったが、今はそれも消えてなくなっている。

息を切らしたまま倒れ込んでいるロナは動けない。

くっ、迷っている暇はない！

「すぐに行く！　リーデルは先に洞窟の中に入れ！」

オレはロナの所までダッシュで舞い戻る。

くそっ、砂浜に足をとられる！

ぐったりとしたロナの体を担ぎあげて、すぐにきびすを返す。

シャーリーンは目前まで帰ってきている。

当然、その後ろに魔魚を引き連れて。

「シャーリーン！　そのままの勢いで海辺に打ちあがって来い！」

さすがの魔魚も水に戻れない場所へは、飛び込んでこないだろう。

海面を跳ね回る事はできても、空を飛べるわけじゃないからな。

勢いあまって陸に打ちあがってくれれば、むしろ勝負ありで大歓迎だ。

オレは胸元にロナを抱え、必死に洞窟の方へと走った。

入り口にさしかかった時、激しい音が背中から聞こえてくる。

振り返るとシャーリーンが水しぶきを砂しぶきに変え、海岸へと滑り込んだ瞬間だった。

魔魚はギリギリまで迫っていたものの、残念ながら飛び込んではこなかった。

魔魚の背ビレはしばらくの間、浜辺付近をウロウロしていたが、ついには諦《あきら》めたのか海へと帰っていく。

洞窟の入り口で、オレとロナ、そしてリーデルはほっと息をついた。

オレは隣に横たわっているロナを、ジト目で見る。

「ありゃいったいなんだ？　人食い魚ってのは聞いていたが、空飛ぶ人食い魚とは聞いていなかったぞ？」

「ふう、助かったよ、オーガ殿。アレはさっきも言ったが希少種だ。私も見るのは初めてだが、あれほどの相手だったとはなぁ」

ロナも驚いた顔で海を見ている。感心したような物言いに、少し呆れる。お前、喰われる寸前だったんだぞ？

「けど、お前さん、昨晩もやりあったんだろ？」

「ああ、だが昨晩はあんなことはしなかった。つまり」

ロナがオレを見る。

ニヤリと笑った。

なんで笑うのか？

「私だけでは、奴をそこまで追い詰められなかったということさ。さすがオーガ殿だな」

「……褒められてる、んだよな？」

「当然だろう。このような強き戦友を得て、ともに戦える事など滅多に無い事だ。一生の思い出になりそうだ」

死にそうな目にあったばかりだというのに、こうも屈託のない笑顔を向けられると対応に困る。

文句の一つや二つ言わねばと思っていたが、ロナとて想定外のことだったのだろうし、さっきは全力でオレを助けてくれた。

愚痴や泣き言を言える命がある事を感謝しよう。

「オレもお前みたいなヤツと一緒に戦えて光栄だよ。だが、また失敗だな」

「うーむ。次の手を考えねばならんか」

二度目の失敗ともなれば、もう誘いだせないんじゃないか？

「とりあえずコアルームに戻ろう。ロナ、肩をかせ」

「すまん」

いまだ人魚姿のロナを再び担ぎ上げ、リーデルとともにオレたちはコアルームに戻った。

「シャーリーン、お前もすぐに回収するからな」

片腕となったシャーリーンは、波打ち際で夕日に赤く染められていた。

一歩間違えれば、オレこそあんな風に赤く染まって横たわっていたかもしれない。

実戦は何が起こるかわからない。

「……」

夕陽に暮れる海を見る。魔魚の姿は見えないが、もう一度追わなくてはいけない。

「しかし、どうしたものか」

ロナの顔も歌声も覚えられたし、リーデルの魔道具も失ってしまった。

「……師匠に頼るか」

オレはゴーレムマスターとしても、ダンジョンマスターとしても、まだまだ半人前以下だな。

11　割烹着のエルフ（魔魚ハンティング　二日目・夕方）

リーデルが用意してくれた濡れタオルで化粧を完全にぬぐいとってから、オレは師匠にコールする。

『おお、大英雄の子！　久しぶりだね！』

「あれ？　エリー先生？」

しかし、呼び出し画面に立っていたのはエリー先生だった。

そして見た事のない白い服を着ている。

いや、服の上から重ね着しているようだ。初めて見る装《よそお》いだ。

エプロンのようにも見えるが、作業服的なものだろうか？

「遊びにいらしてたんですね。ええと、師匠はどちらに？」

最近の師匠は、新作ゴーレムの制作と動作確認をしていたはずだ。

『手伝いに呼び出されたんだよ。極寒地での運用を想定した、アイスゴーレムのテストとやらでね。またよくわからないものを作り始めているんだが、君は知っていたかな？』

「あ、はい。詳細は知りませんが、現地で材料を確保するタイプのゴーレムを作りたい、とおっしゃっていました」

てっきり泥か土を材料にするクラシックタイプかと思っていたが、氷か。

さすが師匠、斬新だ。

『買い込んでいた氷塊はすぐに使い切ったようで、その後は私の魔道具で水を凍らせて製氷していたが、それ以上のスピードで失敗作を量産するから、まるで間に合わないよ』

ヤレヤレと肩をすくめるエリー先生。

「失敗の上に成功というものがありますから」

『相変わらずゴーレムに関してだけはよく回る舌だな？　ん？　んんん？』

ポーズをとって、チラチラと自分の姿を画面におしつけてくるエリー先生。

聞きたくない。聞きたくないなぁ。

「ええと、とてもよくお似合いだと思うんですが、どうしてそのような格好を？　そもそもそれは何のための服？　ですか？」

「坊ちゃん、エリー先輩がお召しになられているのは、大魔王様がいらっしゃる魔都で最近発表された、割烹着、というものです」

「カッポーギ？」

また大魔王様のおひざ元が発信源か。

いや、正確には大魔王様直属のお針子部隊か。

アロハもジャージもそうだが、魔界中心部からの流行は、奇抜ながらも実用的なものが多い。

では、このカッポーギとやらもそうだろうか？

『そうとも。これは炊事洗濯、そして料理をする女性の為のものだ。伝手があってね。一着まわしてもらった』

エリー先生は大魔王様近辺にも伝手があるらしい。

師匠が大魔王様と交友関係なのだから、不思議じゃないか。

「へぇ。なら女性の衣服という事ですか？」

『そうさ。この服は受注生産のみで予約も女性の名前のみでしか受け付けていない。付属の着方説明書のモデルも女性だった』

「つまるところ、家事向けの作業着ですよね？　別に男でも着られそうですが、なんで女性専用なんでしょうか？」

『さ、さぁな？　大魔王様のお考えだし、私にはわからない。決して女らしさを誇張する衣装とか、そういうものでもないしな！』

エリー先生の口調と挙動が乱れ、聞きもしない事をボロボロこぼし始める。

好奇心、猫《オーガ》を殺す。

オレの生存本能が告げる。ここから先は踏み込むな、と。

無言でエリー先生を見ていると、エリー先生はカッポーギのシワをのばしながら、オレから視線をそむけてこう言った。

『そんなことはどうでもいいじゃないか。それで今日はどうしたんだい？』

聞けと言ったり、聞くなと言ったり。

凄腕の職人たちは気まぐれだ。未熟な弟子は従うよりほかない。

「ええと。少々、師匠に相談にのっていただきたい事がありまして」

『ふむ、君達は今、人間界でダンジョンをやっているんだろう？　ではトラブルかい？』

「トラブルと言うかなんと言うか」

本当になんと言うか、何から話したらいいやら。

師匠なら色々と察してくれて話も早いんだが。

オレがそんな事を考えながら、言葉をつまらせていると。

『だが残念。あのゴーレム馬鹿はベッドの中だ』

「あ、お休み中でしたか？」

師匠の徹夜作業は体力が限界に達するまで続く為、一度、お休みになるとなかなか起きてこない。

困ったなと思いきや。

『お休みといえばお休みだが、正確には熱を出してぶっ倒れている』

「え？」

『さっきの話の続きだが、私の魔道具で冷凍庫と化した大きな倉庫内で、えんえんとアイスゴーレムとやらのテストをしていたんだぞ？　あの硬くてゴワゴワした、着心地の悪いツナギ姿で三日三晩……から先は数えていないが』

「……あー」

目に浮かぶ。

一心不乱というより、楽しくて他の事に気を配れなくなった師匠の姿が。

『私は何度も言ったぞ。風邪をひくから厚着をしろ、温かいものを食べろ、いい加減少しは寝ろ、と。そうしたらあのバカ、なんて言ったと思う？』

「さ、さぁ？」

目に見えて機嫌が悪くなるエリー先生。

『ゴーレムマスターたるもの、この程度の作業環境は何でもないさ、と言った。そこまでは許してやらん事もない。男というものは、いい女の前で虚勢を張りたがるものだからね』

「あ、はい、その通りです」

無論、ここでオレは余計な事を言わない。

『うむ。だがヤツは続けて、こうも言った。魔道具技師は気合が足らないから、この程度で騒ぐんだよ、とな』

「あー……」

これ、アレだ。

別に魔道具技師をバカにしているとかじゃなくて、魔道具の第一人者であるエリー先生と、職人気質で張り合ってるだけだな。

『男というものは、いい女の前で虚勢を張りたがるものだと、私も頭では理解はしている』

二度言った。二度言ったぞ。

もちろん、ここもツッこむところじゃない。

たった一つの正解は同意のみだ。

「はい、そうですね」

『そうだろう、そうだろう。しかし私だって魔道具技師としての矜持《きょうじ》がある。そこまで言われれば、じゃあ好きにしろ、と言って放っておいたのだが』

「やっぱり風邪をひいた、と」

『男は少々手のかかるバカな方が魅力的だと思う。だがな？　ああいう、ただ憎たらしいだけのバカにはなるなよ？』

「ええと。オレの口からはなんとも」

さすがにこれは師匠が悪いが、ただ不器用なだけの師匠を悪く言う事は、弟子としてははばかられる。

『というわけで相談には私がのろう。こう見えて私もあのモヤシにつきあわされて、そこそこダンジョン経験がある。むしろトラブル解決能力に関しては、私の方が上手だと自負するほどだな』

確かにエリー先生は師匠と一緒に暴れ、もとい、企て、いや、仲良くやっているようだ。

今回のような新作ゴーレムのテストでヘルプに呼ばれることもあるし、ダンジョンも何度か共同で動かした事があると聞いている。

『それに君のためだけじゃない。そこには私のかわいい弟子、いやさ、後輩のリーデルちゃんもいるからね。私も先輩として、カッコいいところを見せたいのさ』

「エリー先輩、ありがとうございます」

後ろで控えていたリーデルが、画面の中のエリー先生に頭を下げる。

『ふふふ、いいさ！　では詳しい話を聞こうか？　リーデルちゃんの後ろでこちらを興味深そうにのぞきこんでいる、そちらの美女にも関係ある事だろう？　英雄色を好むというが、浮気ではないだろうね？』

「そういうジョークはやめて下さい。オレと恋人みたいに言われれば、冗談でもリーデルの機嫌が悪くなります」

『確かに。今まさにリーデルちゃんの機嫌が悪くなったな』

言われなくても、背後からイライラオーラが伝わってくる。

「だから言ったじゃないですか。余計な事を言わないでください」

『余計な事を言ったのは君だ』

「？」

会話がかみ合わん。

頭のいい人と会話すると、たまにこうなる。

『さて。では、そろそろ後ろの美女を紹介してくれるかな？』

「あ、はい。ええと、彼女はロナ。人魚です」

『ほう、人魚？　人魚か……人魚とは、ね』

エリー先生が驚いた顔をした後、ニヤリと笑った。

12　蒼い髪をめぐって　（魔魚ハンティング　二日目・夕方）

『歌劇や詩人の歌でその名を聞く事は多いが、コア越しの映像とは言え、実際に人魚と目を合わせるのは初めてだ。初めまして、広き海の民。私は見ての通りエルフだ。名をエリザベス＝エインズという。気軽にエインズと呼んでくれ』

エリー先生が真面目な顔で、そんな挨拶を口にした。

「ご丁寧な挨拶、痛み入る、深き森の民。こちらこそお初にお目にかかる。私はロナ。暁の海のロナだ」

ロナもまたオレの時とはうってかわって、かしこまった態度でそんな挨拶を返していた。

「暁のロナ殿とお呼びすればよいかな？」

「ロナでかまわない、エインズ殿」

「ならば私のこともエリザベスと呼んでくれ。仲良くしようじゃないか」

なんか空気が固いな。

ふたりともオレと会話してる時よりテンションが三段くらい低い上に、気のせいか緊張感もある。

『さて、大英雄の子。状況の説明をお願いできるかい？　やるべき事、やらなければならない事、やってはいけない事の三つを漏らさず、そして簡潔にね』

エリー先生がいつもの調子でオレに問いかけてくると、ロナとの間にあった妙な空気も霧散する。

「リーデル殿、すまないがもう一杯良いだろうか？　次はミルクと砂糖を多めで」

ロナも手にあるカップをリーデルに向けて、おかわりをねだっていた。

「はい、ええと、事の起こりは昨晩なんですが、そもそも今回のダンジョンは、最初から上手くいってなかったんですよ」

オレはまずこの島にコアを設置したのが、すでに二回の引っ越し後である事を伝える。

そして、クラーケンという魔物のせいで、周囲一帯から魔力が消えている事と、返済期限にも余裕がない事を告げた。

そんな時にロナという人魚が現れ、病に伏している彼女の母親の治療の手伝いをする事で、今回の返済額を上回る報酬が約束された経緯を説明する。

依頼内容は魔魚という大型の獲物を釣り上げること。しかし、すでに二度の失敗をしている事と、相手が希少種の魔魚で、相当に手強い事を、なるべく誇張せずに話す。

ロナの目的は釣り上げた魔魚の肉と、突き刺したままの魔槍の回収だが、どうにも手強く、次におびき寄せる作戦も思いつかない。

困り果てたオレはアドバイスを頂きたいと思い、師匠にコールして今に至る、とエリー先生に告げた。

『ふーむ、話を聞く限りサメーガと呼ばれる魔魚だな』

「サメーガ？」

聞いたことのない単語が急に出てきた。

ロナを見ると首を横に振っている。

エリー先生は、人魚も知らない事を知っているらしい。

師匠と同じく年齢不詳なだけあってさすが年の功。

もちろん、口が裂けてもそんな事は言わない。

『とある肉食魚が魔力を体内に取り込み魔獣化、この場合は魔魚化したものをサメーガと呼ぶ。陸の魔獣と同じく大型化とともに凶暴化し、魔力で負傷を治癒するのも同じだな。さらにサメーガの希少種は、最後に喰らった獲物の特徴を魔力が尽きるまで再現できる……なんて話も聞いていたが、実際に遭遇した者は私の知る限りいない。むしろ逸話の類と思っていたが、そんなレアものと出会うなんて運がいいね？』

不運の間違いではなく、エリー先生は本気で運がいいと思っているな。

魔獣でも希少種であれば、通常個体と変わった外見や能力を持つのはオレも知っている。

うちにも二体ほどいるからね、目玉の希少種。

『さて。どう対処するかだけど、最悪の事態は回避できると思う』

「最悪の事態？」

『その希少種に逃げられる事だよ。君はロナ殿からの報酬が必要だし、ロナ殿はサメーガの肉と突き刺した槍の回収が必須。当のサメーガが逃げてしまうと、全てが終わりだが……』

確かにそうだ。

誘い出す手段ばかり考えていたが、これだけ傷つけられれば逃げ出す事も考えられるか。

そうなったらオレは経済的に殺され、ロナも母親を助けられない。

『サメーガは用心深いが、執念深くもある。二度も痛い目を見せられた相手から逃げることはない。きっとその島の近くで獲物を捕食しながら傷を癒し、君たちを虎視眈々と狙っているだろう。良かったじゃないか』

都合はいいが、恐ろしくもある。

少なくとも良かったと言われて、そうですねと返せるほどオレは豪胆じゃない。

『さて。この状況で、私が出来ることはサメーガを仕留める魔道具の提供だろう。魔槍なんぞに貫かれて、なお飛び跳ねて襲ってくる個体だ。相当に厄介なんだろう？』

「ええ。オレとロナのふたりかがりで力負けしました」

『やはり綱引きで引き上げるというより、仕留めてから引き上げるほうが現実的か。と、なると……』

エリー先生が何かを思い出すように、視線を右上にやって考え込む。

『以前、私がアイツに頼まれて、ゴーレムの対爆テストの為に作った魔道具がある。確かこの屋敷の倉庫に放り込んだままだ。それであればすぐに手配しよう。もちろん扱いに関しては繊細さを要するからね。運用の際は必ずリーデルちゃんに手順を確認したまえ』

「ありがとうございます。ちなみに、どういうものでしょうか？」

『試験用だったからね。爆破威力を調整したものが何点かある。純粋に衝撃に対する耐久性を計るものだったから、飛礫《つぶて》や金属片なんかも仕込んでいない。それに軽量小型のものだから、今回の作戦に採用するにも色々と都合がいいはずだ』

前提がまず爆発物だった。

さすが魔道具界隈で『火薬庫』の異名を持つだけの事はある。

『とは言え、材料費だなんだとそれなりに経費もかかっている。技術料まで取るわけではないが、対価は必要だと思わないか？』

「あ、はい。あの、費用の方はどれくらい……」

一流の魔道具技師の作ったものとなれば、結構なお値段になるだろう。

それが超一流の作品となると、値段の桁すら想像がつかない。

しかしエリー先生は。

『野暮な事を言うな。私と君たちの仲だろう。報酬を要求する相手はロナ殿だ。とは言え法外な要求をするつもりはない。実費程度だ。ロナ殿。少々、お話をしたいがよろしいか？』

「ああ、うかがおう」

ロナがうなずいたので、オレは自分が座っていたコアテーブルのイスをゆずる。

ふたりが互いを見る。

エリー先生が微笑み、ロナの目つきが鋭くなった。

また緊張感が出てきたな。

報酬に関する事だから当たり前か。

オレもロナの手伝いを受けるまで色々と話しこんだし、ちょっと時間がかかるかもしれん。

けどエリー先生が望むものなんてロナは持っているのか？

エリー先生、相当にお金持ちだろう？

『そう無茶を言うつもりはない。私の望む報酬はロナ殿の髪だ』

「ふむ。やはり、これか」

エリー先生の視線はロナの髪に向けられていた。

ロナが自分の背に垂れる大きな三つ編みを持ち上げる。

髪？

そんなものが報酬になるのか？

オレはリーデルを見るが、リーデルも首をかしげていた。

「いかほどだ」

『背中のあたりから下でどうかな？』

「エリザベス殿はその小柄な体の中に、ずいぶんと大きな欲を飼っているようだな」

エリー先生とロナの間に沈黙が流れる。

人魚の髪ってそんなに貴重なのか？

オレはつい足元を見る。

多分、ロナの抜け毛が転がってるはずだ。後で探しておこう。

オレが目を凝らしてコアルームの白い床や、リーデルの持ち込んだピンクのラグマットなんかを
見ている間に、ふたりの話は進んでいく。

『わかった、腰から下でどうか？』

「承った」

『成立だな。感謝する』

「こちらこそ。オーガ殿、座をお返ししよう」

あ、終わった。

えらいアッサリだったけど、互いが納得してるならいいのか？

『では大英雄の子。今度はリーデルちゃんを前へ』

「え？」

『すまないな。キミが誠実である事は知っているが、魔道具技師には顧客以外には聞かれたくない話というのもある。特に魔道具の扱い方などは秘伝のようなものだ。彼女には君に対しても守秘義務を課すが、それは目をつぶってくれ。ロナ殿とも、もう少し話がしたい』

「ああ、なるほど。わかりました。リーデル、エリー先生のお話をうかがってくれ。すまんがロナも、もう少しつきあってくれ」

「ああ、私もエリザベス殿とは、もう少し話がしたい」

ゴーレムマスターはその不人気さゆえ、理解と共感を広めようと他人に話を聞かせたがりだが、魔道具技師《ゴーレムマスター》の知識と技術は市場価値の高いものだ。

オレたちとは情報に対する考え方が違う。

リーデルだってあの小さな録音再生機の事を話したがらないし、魔道具技師としての心得もついてきているんだろう。

「ではオレは外に出て、シャーリーンの点検をしてきます」

『うむ。私の魔道具の運用にも、サメーガを仕留めるにも、ゴーレムは必須だ。万全の準備をしておきたまえ』

手をヒラヒラさせるエリー先生を背に、オレはリーデルに後をまかせて外に出た。

13　浜辺のシャーリーン　（魔魚ハンティング　二日目・夕方）

海辺に打ちあがっていたシャーリーンをひきずり、ビーチチェアが置いてある大きなヤシの木の下まで移動させた。

「ふう……まさか、あんなバケモノを相手にするハメになるとは。武装無しの離脱仕様が完全に裏目だ」

オレは愚痴りながらシャーリーンの外観からチェックを始める。

左腕はサメーガにくれてやってしまったので、右手のみとなっている。

ボディに細かいキズはあるが、そこは頑丈さが取り得のゴーレム。

「パッと見は問題ないけどなぁ」

見た目に大きなクラック《亀裂》などは走っていない。

近くには、片づけ忘れていたオレの工具箱がある。

魔鉱石で作られたボディは、音響検査が可能だ。

小ぶりのハンマーを手にして、あちこち軽く叩いてみると、透き通った音が返ってくる。

もし目に見えないクラックなんかが走っていると、これが鈍い音になる。これを音響検査という。

「どちらにしろ、ボディにクラックなんてあったら応急処置しかできないけどな」

少なくとも、いつバラバラになるかわからない状態ではない、そうわかっただけでも一安心だ。

もしそんな状態だったら、とてもあんな人食い魚相手に三回戦は挑めない。

「エリー先生の魔道具でカタがつけばいいけどなぁ」

師匠の容態も気になるが、あんな風に言いつつも、エリー先生は師匠を看病してくれるだろうし、そこはあまり心配していない。

だが別の不安はある。

看病の貸し借りでまた一波乱ありそうだし、そんな面倒ごとには巻き込まれたくない。

とは言え、ふたりが揉めると、絶対オレに火の粉が降りかかってくるし、最悪飛び火するだろうから、覚悟だけはしておく。

「さて。前回は自爆なんてさせちまったけど、今回はそんな無様をさせないから安心してくれ」

オレは物言わぬシャーリーンを撫でながら、笑いかける。

夜の海風の中、シャーリーンが微笑んだような気がした。

「ははっ。一流のゴーレムマスターはゴーレムの考えがわかる、なんて言われてるけどさ。今シャーリーンが笑ったとしたら、情けないマスターへの苦笑ってところか。精進しないとなぁ」

一通り異常がない事を確認した後、オレは頃合いを見計らってコアルームへと戻った。

14　女三人寄れば勇ましい　（魔魚ハンティング　二日目・夕方）

「お話はお済みですか、エリー先生」

コアルームに戻り、何やら神妙な顔でうなずいているエリー先生の映像に声をかける。

『ああ、リーデルちゃんへの説明は完璧だ。必要な魔道具の発送手配もすでに整っている。ここのモヤシが馴染みにしている宅配屋のジジイをおさえたから、明朝には届くだろう』

「あ、ありがとうございます」

師匠もひどい言われようだが、今回はちょっと擁護のしようがないので聞かなかった事にして話を続ける。

しかし、エリー先生、さっきまでと違って、ずいぶんとご機嫌だな。

あと、どこか憮然とした態度だったロナも、一転して上機嫌な笑顔を浮かべている。

「ロナもすまないな。オレがもっとうまくやれていれば、余計な出費も出なかっただろうに」

「いいや、そうでもない。彼女は実に親切で多くの事を知っている賢人だった。こうして友誼《ゆうぎ》を結べた事、とても喜ばしいと思っている」

『嬉しいね。私もロナ殿とは今後、友人として縁を深めたいと思っている。さきの話し合いは、互いの立場などを理解し合えた有用な時間だった』

ロナもエリー先生の言葉にウンウンとうなずきながら、コーヒーをすすっている。

このふたりがここまで態度を変えるほどの話し合いとは？

「……リーデル？」

リーデルにたずねると、何とも言えない微妙な顔をしていた。

「何があった？」

そっと近寄り、耳打ちするものの。

「ロナ様が今後も少しばかりの髪を提供する代わりに、エリー先輩は、ロナ様の群れの皆さまが飲んでも尽きぬほどのコーヒーを提供すると、お話がまとまっています」

「……コーヒー、本当に気に入ったんだな。けど、レート的に釣り合ってんのか？」

人魚の髪は貴重で希少のようだ。超一流魔道具技師の爆弾と交換できるほどに。

それをコーヒーなんてもので釣ってせしめようとするエリー先生は、人としてどうなのかと首をかしげる。

ロナに忠告すべきか？　いや、けどコーヒーも流行り始めたばかりだし、コネがないと手に入れにくいのかもしれない。

そう考えると、それなりに釣り合っている取引なのか？

『そこ。夫婦の内緒話は後でやりたまえ。勝手だと思ったが、キミのいない間に我々三人で少し、作戦のたたき台も考えた。結論から言おう。私の魔道具を適切に運用すれば、間違いなく勝ちだ』

露骨にオレの言葉をさえぎりながら話題を変えてきた。やっぱりボッてるな。

『大英雄の子。何か言いたい事があるのか？』

「いいえ。お話の続きをお願いします」

余計な事は口にしない。これが処世術というものだ。

『うむ。やはり、最初に捕まえる距離は短い方がいい。いくらキミの魔力量が多いとは言え、無駄に長い魔力の鎖を維持し続けるのはやはり負担だ。あともう少し、という時に魔力切れで逃げられるのが、一番おいしくない。それを考えると、こちらから追いかけて距離をとられる可能性よりも、今まで通りおびき寄せてからの確保が望ましい』

確かに長期戦になると、そういった積み重ねの負担が、どれほどになるかはわからない。

稼げるところ、節約できるところは、そうするべきだ。

「ですが、サメーガをおびきよせるにはエサ役と歌が必要ですよ？　ロナの声と顔はバレてますし、オレの女装……はともかく、リーデルの魔道具も失って、声を変えた歌を流す事もできなくなりました。あ、もしかして、エリー先生がお持ちの録音再生機を送ってもらえるんですか？」

それならもう一度チャンスが作れるな、と思ったが。

『……リーデルちゃんのがんばりを悪く言うわけではないが、私の作ったものは音質が劣化しない。意図して音質を変える仕様も作れるが、今すぐ用意できるものでもない』

「あ、そうか。声が変わったわけじゃなくて、劣化して再生されたってリーデルも言ってました」

「……エリー先輩のご指導ご鞭撻を頂く身なのにお恥ずかしい限りです」

しゅんとなるリーデル。

『リーデルちゃん、うつむかないでくれ。魔道具の勉強を始めたばかりの短い期間で、設計通りに動作させる君は相当に才能がある。さすが私の一番弟子、さすが私のかわいい後輩だ！』

「あ、ありがとうございます、エリー先輩」

うるわしい師弟愛が展開される。

『というわけで。次のエサ役はリーデルちゃんが担う事になったよ』

「微力を尽くします。坊ちゃん、よろしくお願いします」

「え、あ、はい、わかりま……はぁ!?」

淡々と説明されたので、はい、と返事をしそうになった。

「待ってください、リーデルがエサ役？　どういうことですか？」

ついオレは声を荒げた。

『ロナ殿の声ではもう誘い出せない。録音再生機は失われた。君の声では野太過ぎる。残る選択肢は？』

「リーデルは選択肢になりません。代案を。無ければおびき出す作戦は無しです。鎖がどれだけ長くなろうが、オレの魔力が枯れ果てようが、気合で魔魚を釣り上げます」

オレはエリー先生の目を見て、ハッキリと言う。

魔力というのは気合でどうにかなるもんじゃないが、物事には気合でどうにかするしかない時がある、今がその時だ。

少しでもリーデルに危険が及ぶような真似はさせないし、するつもりもない。

『ふむ、思った通りだ。だからこうなると言ったじゃないか、リーデルちゃん』

……ん？

「あの。坊ちゃん。誘い出す役を進言したのは私です」

「なんで？　さっき見たろ？　あんな化け魚相手にエサ役とか正気か？」

「しかし私がエサ役になれば、そんな化け魚のお相手をする坊ちゃんの負担が軽減されます」

「いや、それは絶対に必要な話じゃない。こっちから探して追っかけて、最終的には捕まえればいい話だ」

言葉にすると大変そうだが、やれないこともない、はずだ。

「けれど私がエサとなって誘い出せれば、魔魚に不意を突かれる事もなく、待ち構えられるのですよね？　それにエリー先輩も、最初に捕獲する距離は短いほど良いと。私がお手伝いすることで坊ちゃんの負担も危険も減って、今回の作戦も、よりうまくいくはずでは？」

「ぐ……」

正論だ。

正論でボッコボコにしてくる。

オレだってわかってる。

あてもなくサメーガを探すより、誘い出して迎えうつ方が確実だ。

探し回るオレたちが、逆に不意をうたれるという危険性もなくなる。

それはわかっているが。

などと煩悶《はんもん》していると、エリー先生から声がかかる。

『大英雄の子。リーデルちゃんに何もさせないというのは、それはそれで酷な話だぞ？』

「え？」

『屈強たるオーガのキミが、かよわいリーデルちゃんを危ない目にあわせたくないというのはわかる。至極、真っ当な感情だ。だがリーデルちゃんも、君と一蓮托生だ。君を助けたい、手伝いたい、という感情も理解して欲しい』

「ですが」

『また私はこうも言ったはずだ。これから送る魔道具の取り扱いは、専門知識を要する。リーデルちゃんが直接扱う必要があるんだ。どのみちキミだけでは、今回の作戦の主軸である私の魔道具を運用できない』

「……う」

これも正論だ。

『なに、心配するな。私とてかわいい後輩のリーデルちゃんを、危ない目にあわせたいわけじゃない。ロナ殿から聞き取りした二回の遭遇戦の内容から、妥当な作戦を考えたつもりだ。まずはそれを聞いてから判断しても良いのではないかな？』

「……リーデル、本気で参加するつもりか？」

ちらりとリーデルを見る。

「はい。まずはエリー先輩のお話を聞いてください、お願いします」

うーん。リーデルの言葉と態度は控えめだが、コレ、絶対に譲らないって雰囲気だ。

エリー先生の話を聞くだけでも聞かないと、この頑固で優秀なメイドさんは、妥協すらしないだろう。

「わかった。ロナも話の概要は把握してるんだな？」

「ああ。オーガ殿もエリザベス殿の話を聞けば納得するだろう。奇策などではなく、理にかなったものだ」

「わかった。ではエリー先生、お願いします」

『ふふふ、そこで意固地にならず、人の話を聞けるところがキミの美徳だ。師弟だというのに、どこかの誰かとは大違いだな』

そうしてエリー先生は画面外をチラリと見た後（おそらく視線の先に師匠がいるのだろう）、たたき台と言っていた作戦を話し始めた。

＊＊＊

「なるほど、確かに理にかなった作戦だと思います」

『そうだろう』

エリー先生の説明を受けたオレは、うなりながらもうなずいた。

例の岩礁地帯で、リーデルをエサにしておびき寄せる。

オレはシャーリーンに乗って、ロナとともに別の岩礁に身を隠して待機。

魔魚サメーガがリーデルの待つ岩礁に迫るまで、もしくは罠と気づかれるまで引き寄せてから鎖を展開。

その後、オレが座るシャーリーンの鞍の後ろにリーデルを乗せて、サメーガを引っ張っていく。

とは言え、今回は引き上げる為ではなく、一定の距離を直線上に保つために、だ。

この時、オレたちとサメーガは、海上にて魔力の鎖で結ばれている。

そこでエリー先生の魔道具《バクダン》にフックをつけ、鎖を伝わらせて誘導すれば命中確実だ。

サメーガの事を色々と知っているエリー先生の用意した魔道具が威力不足ということはないだろうから、当たれば仕留められると考えていいだろう。

懸念事項は三つ。

一つ目、互いの速度。

サメーガの泳ぐ速度は、シャーリーンより劣っている事はわかっている。

さらに前回、前々回と違って、引き上げるのではなく引きずりまわすだけなら、正面から対峙するわけでもないし、危険は少なくなる。

問題はリーデルとその爆発物の重量。

積載物によって、どれほどシャーリーンの機動力が落ちるかわからない。

サメーガを鎖で捕捉して爆弾をぶち込む前に、追いつかれて尻から丸かじりでは意味がない。

そして二つ目。

爆弾の防水性能について。

もともと水のある場所で使う事を想定していないため、急ごしらえで防水加工をしてもらったが、あまり長く水に浸かるのはよくないとの事だ。

防水性能としては、魔魚につなげた魔力鎖を伝っている間、水しぶきを浴びる程度ならまったく問題ない。

数分程度なら水に潜っても大丈夫。だが長時間の水没や、水中での起爆は爆発の威力を損ない、最悪の場合は不発になるという。

そうなると魔力鎖に爆弾を仕掛けた後、魔魚に潜られるとかなりマズいと思うが、エリー先生いわく、凶暴な魔魚が獲物であるオレたちを視認しているのに、大きなお口を開けて追ってこないわけがないと太鼓判を押された。

つまり、海上にいるオレたちが潜って逃げないかぎり、魔魚は海面スレスレを追ってくる。

当然、鎖は水には浸《つ》からず、爆弾に影響はない。

最後に三つ目。

リーデルが振り落とされないかという事。

魔道具を扱う時にバランスを崩したり、海へ投げ出されたりしたらと思うと、とても決断できない。

そんなあたりをエリー先生に話すと、ふむ、と頷いた後、ロナに目をやった。

『ロナ殿。どう思う？』

「うむ。オーガ殿の懸念は、エリザベス殿が事前に予想していた通りだな。リーデル殿の安全に関しては最優先で私が対処する。常にゴーレムと並泳し、万が一リーデル殿が振り落とされた場合は、彼女を抱えて全力でこの島まで離脱する。相手が何であろうと、絶対に追いつかれない自信はある」

確かにシャーリーンにも追いつけない魔魚が、シャーリーンよりはるかに速いロナに追いつけるはずはない。

オレを曳いてすら、あれだけの速度が出せるんだから、リーデルを抱えたところで問題にもならないだろう。

『さて、どうだ、大英雄の子。皆が協力することで、リスクを可能な限り軽減したこの作戦か。それともリーデルちゃんの身を思うがあまり、いらぬ危険を上積みするか、だ』

「……うーん」

エリー先生の提案したこの作戦以上のものは、オレには思いつかない。

それに。

「坊ちゃん」

「オーガ殿」

協力者のふたりが、この作戦を望んでいるということもある。

何かしら不満のある作戦よりも、同意した上で臨む作戦の方が、成功率もあがるだろう。

「わかりました。その作戦でいきましょう。エリー先生、魔道具の方、お願いいたします。費用はいずれ必ず」

『おいおい、何度も言わせないで欲しい。金なんて』

「いえ、これはオレたちの都合でもあります。費用に関してロナと話はついたようですが、オレの方からも、その半分は負担させて頂きたいです。リーデルの先生といえども、甘えるだけの関係はよくありません」

コアの映像に映るエリー先生は腕組みをして、ふーむ、と息を吐き。そして笑った。

『そうか。男にそこまで言わせた言葉をひっこませるほど私は気のきかない女じゃない。ツケておくとしよう。ただし催促無しの利息無しだ。己が一人前になったと思ったら返しにきたまえ』

「はい、ありがとうございます」

エリー先生はオレの顔を立ててくれつつも、ありがたい事にいつでもいいと言ってくれた。

『ロナ殿聞いたな？　約束の報酬だが、頂く髪は、腰から下ではなく、その半分で結構だ』

「承知した。オーガ殿、ご厚意、ありがたく受け取ろう」

ロナも頭を下げてオレに感謝を伝えてくる。

「お互い様だ。オレだってロナには感謝してる」

もしあの時ロナが海から現れなかったら、オレの方も終わっていた。

『ふふふ。大英雄の子、キミの生き方は損が多いな』

「ええと」

呆れたような顔でそんなことを言われるが、さらに呆れた顔でため息をついて、エリー先生が別の方向を見る。

『そういうところが、あの風邪っぴきのチビと合うんだろうが、ゴーレムマスターというのは基本的に損得勘定というか、計算能力が欠落しているんじゃないか？　いや、だからこそゴーレムなんていう、コストパフォーマンスにケンカを売っているようなものに興味を持つのか？』

妙な空気になってしまったところを、エリー先生が師匠をダシにして茶化してくれた。

『ま、とにかく話は決まった。明朝、私からの荷物が届いたら確認したまえ。リーデルちゃん、さきほども説明したが、念のため説明書を同梱しておくよ』

「はい、ありがとうございます」

『話は済んだ。私はこれからすぐに、魔道具の動作確認と配送手続きをする。到着を楽しみに待っていたまえ』

最後にウインクを一つ残して、エリー先生の姿が消えた。

「……ふう」

オレは、安堵と不安の混じった、深いため息をつく。

その理由は、この先にいくばくかの展望が見えた事と。

「すみません、坊ちゃん。勝手な事を」

リーデルが自身の安全を、あまり考慮に入れていない事に対してだ。

だが、決まったことを何度も掘り返すべきじゃない。

それはリーデルの意思と覚悟を軽んじることになる。

「リーデル。危なくなったら絶対に逃げろ。ロナもさっき言ったこと、絶対に頼むぞ」

ロナの補佐があるからこそ、リーデルの参加を認めたという事だけは再確認しておく。

「まかせてくれ、オーガ殿。戦えない者が戦いに臨むのだ。私はその勇気に敬意をもって、リーデル殿を守りぬく」

「よし。じゃあ、荷物が届くまで休むとしよう。作戦も決まってるんだし、今は気をもんで起きているより、明日に備えて休むべきだろう」

ふたりはうなずき、オレたちは明日にそなえ、それぞれの寝床へともぐりこんだ。

chapter3

第三章

15　古強者の心残り（魔魚ハンティング　三日目・朝）

翌日の朝。

輝く朝日を背にして、大きな翼をはためかせた飛竜がオレたちの島へと舞い降りた。

片方の角が折れ、その巨躯にも傷多き、けれど眼光鋭き飛竜。

見覚えのある飛竜からは、やはり聞き覚えのある声が響いた。

『ご無沙汰ですな、若き戦人殿。お変わりなきようで何より』

「こちらこそご無沙汰です。いつぞやはありがとうございました」

やはり、例のおじいちゃんだった。

「夜通し飛んで頂いてありがとうございます」

『なんの。速達便というのは無理を通すからこそ、特別料金をいただくわけですからな。とは言え、儂とて半分は道楽でやっておる身、依頼人は選びます。馴染み客の依頼でなければ、今頃、酒を片手に朝湯としゃれこんでおる頃合いですな』

「師匠とは長いんですね」

『左様。いつも無理をおっしゃるが、仕事内容は愉快で気持ち良いものが多い……ものの、今回、集荷に伺えば、出てきたのは生意気なエルフの小娘でしたが』

「……ああ、エリー先生ですね」

『エリザベス＝エインズ。あいかわらず尊大な女子《オナゴ》ですな。顔を合わせたと同時に踵《きびす》を返したのですが、届け先が若き戦人とあれば、と、仕方なく荷を受け取った次第です』

「それは、ええと、申し訳ないです」

『いえいえ、頭を下げるべきはあのエルフです。馴染み殿も、なぜあのような女子と友誼を結んでおるのか』

年相応に長くなりそうな愚痴の予感を察知したオレは、わざとらしく何かを探すように首をまわして、たずねる。

「それで、ええと、荷物の方は……」

『ああ、申し訳ない。こちらになります。毛布でくるまれておりますが、中身は重量物の入った木箱ですな』

立っていた飛竜が伏せるように横たわり、背負っていた運送用のリュックをこちらに向ける。

リュックの中には確かに、何重にも毛布でくるまれている箱があった。

オレがぎりぎり両手で抱えられるぐらいで、なかなかの大きさだ。

それを取り出し、毛布を取り除いて現れた木箱を地面に置き、フタを開ける。

箱の中には、さらに小さな木箱が三つ入っていた。

『危険物と伺《うかが》っております。取り扱いはリーデルという娘御が行うようにと、あのエルフは言っておりましたな』

「あ、はい。わかりました。リーデル、確認頼む」

「はい」

リーデルがオレと場所を変わって、三つの小さな木箱を開けていく。

その中の一つに手紙が入っており、リーデルは目だけで開封の断りを入れてくる。

エリー先生の言っていた同封の説明書というヤツだろう。

オレはうなずき、後はリーデルにまかせることにした。

そして飛竜に向き直る。

「ええと、料金の方は」

『すでに頂戴しております。ああ、いいえ、ツケにしておく、とお伝えするよう、言われておりました な』

「ありがとうございます」

『さて、此度《こたび》はめずらしい者と縁を持ったようで』

「あ、もしかしてわかります？」

飛竜を通してこちらを見ているその視線は、オレを飛び越え、ロナに向けられていた。

ロナは二本足で立っているし、外見からだけで人魚とわかるものだろうか。

『見間違うはずも無し。美しき海色の髪。人魚ですな？』

なるほど、髪の色か。

『広き海の覇者。銛《もり》の名手。麗しき歌うたい。波間に生きる、慈悲深き戦人』

おお、おじいちゃん、人魚に対してえらく高評価だな。

それを聞いたロナが、姿勢を正して返事をした。

「深き年輪のお声からして、歴戦の戦人とお見受けする。賛辞、有難く頂戴する。貴殿は竜騎士か？」

『左様。若き頃、飛竜から撃ち落とされて、海に投げ出された間抜けよ。這《ほ》う這《ほ》うの体で岩礁にへばりついていた儂は、そなたら人魚の手によって命を拾った。いまだ忘れぬ満月の夜、いまだ返せぬ恩義、それだけが戦場に残した心残り。人魚殿、何か困りごとはあるか？』

「御身はその人魚に、恩を返せと言われたか？」

『否』

「波間に迷う者を救うは人魚の倣いだ。それで気が済まぬというなら、溺れている人魚を見たら、手を貸してくれ」

『くく、かつて儂を救った人魚にも言われた事よな。溺れる人魚などいるものか。嗚呼、懐かしい』

なんか、カッコいい会話してるんですけどー。

「坊ちゃん、お待たせいたしました。エリー先輩からの荷物に、破損や不備はありません」

「お、そっか、良かった良かった」

空輪中に壊れてしまった、なんてことも無かったようだ。

リーデルが受け取りの書類に署名をして、木箱の入っていた運搬用リュックの中にしまいこんだ。

『では儂はこれにて。またいずれ、どこぞの戦場《いくさば》にて、お顔を拝見する日を楽しみにしております』

「ありがとうございました。また、よろしくお願いします」

オレが頭を下げると、飛竜が体を起こし大きくはばたいた。そして。

『では――――ご武運を』

いつかの日のように、老いた声を残して空へと帰っていく。

三人で見送った後、ロナがふう、と息をはく。

「飛竜を間近で見たのは初めてだ。緊張したぞ。なるほど、実に威容がある」

「あー。初めて見ると、けっこう迫力あるよな」

竜種の中では、もっとも小さいと言われる飛竜ですらアレだ。

飼育や支配、制御なんてとてもかなわない『竜』であれば、なお恐ろしいだろうし、空を飛べないほどに大きくなった『龍』なんてものは、存在そのものが別次元だろう。

特に龍は魔物以上に危険な存在と言われている。

魔界では、現在、三頭の居場所が確認されているが、わざわざ見たいとも思わん。

「さて、それはともかく作戦開始といこう。時間を与えるだけ魔魚を回復させちまう。リーデル、その魔道具はすぐに使えそうか？」

「はい。手順さえ誤らなければ、特に扱いが難しいものではありません」

手順を誤るとどうなるかは、聞かないでおこう。

なんせオレは、これからそれを乗せて、シャーリーンで海の上を走るんだからな。

さて、作戦開始だ。

16　一流品の条件　(魔魚ハンティング　三日目・朝)

「ここだ」

オレは後ろにリーデルを乗せて、魔魚サメーガを二回おびき寄せた岩礁地帯へとやってきた。

昨日、激しくやりあった結果、物言わぬ先客もいなくなっている。

これならリーデルがびっくりすることもない。

まずオレが岩礁に飛び移り、そこからリーデルに手を差し出す。

「気をつけろ、けっこう滑るからな」

「はい」

今のリーデルはピンクのビキニの腰の上に、パレオを巻いている。

オレが毛布で足を人魚にみせかけたのと同じ事をする為だ。

リーデルはヒラヒラと風になびくパレオで隠れた足元に気を付けつつ、オレの手を取ってジャンプする。

「お？　お、おわ、おわわっ！」

「きゃ」

勢いよく飛び込んできたリーデルを胸で受け止めたものの、滑りやすい足元のせいで体勢が崩れる。

滑ると言っておきながら、オレが転んでりゃ世話がない。

とっさにヒザをつき、万一にもリーデルを巻き添えにして転ばないようにする。

「すまんすまん」

「い、いえ」

その細い腰をしっかり抱き寄せ、リーデルに謝りながら立ち上がる。

「ここで魔魚を誘い出すぞ。オレとロナは、すぐ近くの岩礁の陰に隠れてるから心配するな」

と、ここまで言って、今更ながらに気づく。

「あれ？　ところでこれ、誰が歌うんだ？」

「え、ええと……それは、その……」

リーデルがエサ役をやるなんて言い出したせいで、そちらばかり気を取られ、誘い出す手段の方はすっかり頭から抜けていた。

「どうした、オーガ殿？」

「ロナ、やばい。肝心な事を忘れてるぞ！」

オレたちの立つ岩礁の海面から頭を出しているロナ。

「誰が歌うんだ？　ロナがそこからこっそり歌うのか？　けどロナの声ってバレてるんだろ？」

「何を言っている？　リーデル殿が歌うと決まっていただろう？」

「え？」

「む？」

オレが首をかしげるとロナも同じように首をかしげた。

互いに何を言ってるんだ、という顔だ。

「あ、あの、坊ちゃん」

「ん？　どした？」

呼びかけに振り返れば、おずおずと手を小さくあげているリーデル。

「僭越ながら……私が歌います」

「は？　リーデルが？　聞いてないぞ？」

「坊ちゃんは外に出てらして、いらっしゃいませんでしたが……エリー先輩とロナ様と三人でお話をしていた際、そう決まっておりました。お話が伝わっておりませんでした」

ああ、エリー先生がオレに席をはずせと言ったときの事か。

「そう言えば、作戦のたたき台を考えていた時、オーガ殿はいなかったな。すまない、私も伝えたつもりでいた」

オレもリーデルがエサ役になると言われて気が動転していたせいで、誰が歌うのかって事を確認していなかった。

「ま、それならそれでいいが、リーデルって歌えるの？」

「さすがにロナ様ほどではありませんが」

「歌の上手い下手は関係ないんだっけ？　声の大きさが肝心じゃないのか？」

オレがロナに確認すると、ロナは腕を組んで少し考える。

「上手い下手はどうだろうな。だが声量に関しては少しばかり小さくても、魔魚も敏感になっているだろうし、聞き逃すはずはないと思うぞ」

なんか色々と雑だが、大丈夫か。

「今更、仕方ない。やるだけやってみよう。ダメならまたその時、考えるしかない」

というわけでオレはリーデルを岩礁に残し、海に浮かぶシャーリーンの背に乗って沈み込み、ロナと同じく生首スタイルになって魔魚を待ち構える。

「さて……」

今、シャーリーンの鞍の横には、オレの拳ほどの大きさの玉が三つぶら下がっている。

例のエリー先生、お手製の爆弾だ。

爆弾にはフックがついていて、これが腕輪と槍を結ぶ魔力鎖を伝っていく予定だ。

上についている安全ピンを抜くと起爆装置が解除され、三十秒後に爆発する。

ちなみに爆弾には小さな噴射口がついていて、こちらに刺さっているピンを抜くと同時にそこから火薬が燃焼し、前方へと推進する。

リーデルいわく、同封されていたエリー先生の説明書には、『鎖を伝わらせるのはいいが相手が跳びはねる魚であれば高さ的に戻ってくる可能性があるぞ？』と書いてあったそうだ。

言われてみれば、確かにその通りだ。

海面を走るシャーリーンから海中の魔魚へならば、その高低差でスルスル行くと思うが、飛び跳ねる相手だとこっちに爆弾が戻ってくる。

さすがエリー先生、というより、オレが考え無しすぎた。

そんなわけで、エリー先生が急ごしらえでこの推進パーツをくっつけてくれたそうだ。

火薬の塊である爆弾に、火薬の推進部品をつけるという斬新な発想。

オレたち一般人とは火薬に対する危機感の隔絶を感じるが、専門家が安全に運用できるという判断でつけたものだろうから不安はない。ない。ないぞ。

そのあたりを確認したところ、リーデルも少し困った顔で『大丈夫です、多分』と言っていた。

聞けば聞くだけ不安になってくるので、オレはこの話題を打ち切った。

さて、そんな爆弾だが、エリー先生が試験用に威力を調整したものが何種かあると言っていたように、ここには三つの爆弾がある。

そして、それぞれに張られた札が、実にオレの危機感をあおっている。

まず一つ目。

〈弱火：残念だけどこれでカタはつくだろうね〉とエリー先生の字で書かれた札がつけられている。

最初に使う予定の爆弾であり、オレもこの言葉を信じている。これで勝負をつけたい。

もしこれで決着がつかない場合、残念ながら二つ目を使用することになる。

二つ目の爆弾を見る。

そこには〈中火：これを使わせる相手ならたいしたものだ。使用の際は必ず全力で距離を取ること〉と書いてある。

おそろしい。

オレの拳ほどの大きさに、どれほどの火薬がこめられているのか。

三つ目。

〈強火〉。そこから続く文字をオレは二度も読みたくないので、あえて目をそらす。

とにかくこの勝負、最初の〈弱火〉爆弾で決着をつけねばならない。

「それでは……始めます」

リーデルは、んっ、んっ、とノドを鳴らした後、調子を確かめるように小さな声で歌い始めた。

「お」

「ふむ」

最初、そよ風だった声は次第に大きくなっていき、やがて波風に乗って海へと広がっていく。

リーデルの歌は、とても優しい歌だった。

「リーデル、歌、上手いな。ロナはどう思う？」

「人魚の歌とは違うが、これはこれで良いものだと思う」

たしかにロナの歌は、喉が張り裂けるのではというくらいの声量だった。

大波のように、聞く者を飲み込むような迫力もあった。

リーデルの歌にそれほどの声量はないが、聞いていてふわりと包みこむような感覚がある。

こんな特技があったのかと思うほどで、つい歌っている途中のリーデルに声をかけてしまう。

「リーデル、すごいな。どっかで習ったのか？　練習してたとか？」

「そういうわけでは。その、お洗濯とか、お掃除の時に、なんとなく口ずさんでいたものですし……」

恥ずかしそうに返答をした後、再び歌い始めるリーデル。

これ以上、邪魔をするのもよくない。オレは下がってロナとともに静かに耳を傾ける。

しばらくして、三人の中でもっとも海を見慣れているロナが口を開いた。

「オーガ殿。あちらを見ろ。わずかに波が乱れている。来ているぞ」

「どこだ……？　アレか」

ロナが指さす方向を見れば、確かに何かが近づいていた。

オレの目にも、例の魔魚の背ビレだと見て取れる。

リーデルもオレたちの会話を聞きながら目をこらしていたようで、近づいてくる背ビレを認めた瞬間、やや声がうわずった……が、それでも歌い続ける。

あの空飛ぶ魔魚を見ながら、しかもそれが自分に近づいてきていると知ってもなお、歌い続けられる度胸がすごい。

「ロナ、どれぐらいまで待つ？」

「近ければ近いほどいいが、それだけリーデル殿の危険も増える。間合いは主人であるオーガ殿にまかせる」

聞いた意味がない、参考にならん。

そんなことなら、今すぐにでも腕輪を発動させたくなるが、さすがにまだ早い。

リーデルの安全ばかりに気を配って、作戦そのものが失敗するのは最悪だ。

そうなったら、リーデルは自分が気遣われたせいで失敗したと思い込む可能性もある。

前回とかそんな感じだったしな。

「……むむ、まだか。いや、そろそろか？」

ギリギリを見極めようと苦悩するオレ。

見かねたロナが声をかけてくる。

「オーガ殿の魔力であれば、多少、鎖が伸びたとて維持には問題なかろう？」

「それはそうだが、鎖が長すぎると爆弾が届く前に爆発するかもしれん」

起動から三十秒後に起爆という仕様上、できれば到達時間に余裕がある距離が欲しい。

ただし、爆弾を運ぶ推進力も、どれほどかわからない。

爆弾が鎖を伝う速度が遅すぎた場合、あまり鎖が長すぎると到達する前に爆発して威力をそこなってしまう。

それに比べれば到達が早い分には問題はない。

かといって、到達時間をおさえるために鎖を短くしすぎると爆発にまきこまれる。

エリー先生もこの鎖の綱引き作戦の立案者なのだから、そこまで常識外の爆発規模ではない……と信じている。

『火薬庫』と呼ばれている人だが、〝庫〟がつく以上、取り扱いや管理体制は十分なはずだ。

もし、エリー先生がただの『火薬』と呼ばれていたら、オレはこの作戦を全力で拒否している。

爆弾の推進力はリーデルいわく、だいたい駆け足くらいの速さになるはずと言っていたのでその感覚で距離を測《はか》るとしよう。

「しかしエリー先生も言っていたが、三度も同じ手にひっかかるというより、逃がした獲物に対して意地になってんのかね？」

「一度《ひとたび》魔魚に狙われればどこまでも追われ続ける。それとは別に、私の突き刺した槍の傷を癒す為にも、魔力の多い獲物が必要なのだろう。そういう意味では我々は絶好の獲物だ。人魚と魔魚、互いが互いを狩ろうとする様《さま》、実に愉快なものだな？」

どこが愉快だ。人魚の感性はやっぱり戦闘民族すぎる。

などと小声でしゃべりながらも、オレたちの目は魔魚から離れない。

岩礁に打ち付ける波の音とリーデルの歌声が響く中で、背ビレの下の魚影が少しずつ浮上してきた。

それにつれて、魚にはあるはずのないものも見えてくる。

「来るか？」

「来るぞ！」

海中からしぶきを上げ、蒼い羽根が羽ばたく。

魔魚が再びその姿を海上に躍らせた！

「行くぞ、ロナ！　リーデルは乗れ！」

オレはシャーリーンを急浮上、同時にリーデルの座る岩礁と迫りくる魔魚の間へ滑り込んだ。

そして腕輪をかかげて魔力を流し込むと、魔魚に刺さった魔槍との間に鎖が生まれる。

槍の刺さっている辺りから返し刃が飛び出し、鮮血が宙に舞った。

その痛みのためか、魔魚が暴れるようにして羽根で海面を叩く。

「魚のくせに羽根なんか生やしてんじゃねーぞ！」

言ったところで理解はされないだろうし、言っても仕方ない事だが、昨日あれだけビビらされた自分としては、これぐらい言ってやらないと気が済まない。

「坊ちゃん！　用意できました！　いつでも行けます！」

「良し、落ちるなよ、絶対に落ちるなよ！」

オレの後ろに乗ったリーデルが、背後で爆弾〈弱火〉の準備を整えたようだ。

「さて、始めるか！　ロナ、万一の時は頼むぞ！」

「まかせておけ！」

オレは予定通り、拠点の無人島に向かいながらの綱引きを開始する。

これは万一の事態があった時、すぐに島へ撤退できるようにという備えだ。

魔魚は自分が再び捕らえられたことに怒ったのか、羽根を暴れさせながらオレたちの乗るシャーリーンへと迫ってくる。

リーデルと爆弾三つ分の重さが増えて不安だったが、スピードはシャーリーンの方がまだ上だった。

徐々に魔魚との距離は開き、たるんでいた魔力鎖も少しずつ張り詰めてきた。

鎖と海面との高さも充分ある。これなら爆弾が海面に触れることもないだろう。

「よし、これならいける！」

均衡、もしくはシャーリーンが遅かった場合、オレは即座にリーデルをロナにまかせて、島へ戻るつもりだった。

　どうせ反対されるとわかっていたので黙っていたが、杞憂で良かった。

「リーデル、鎖がピンと張ったらすぐに爆弾を送ってくれ！　判断はまかせる！」

「はい！　もう少しです、坊ちゃん！」

　少しでも距離を離すべく、全力でまっすぐ走り続けるオレ。

　ちらりと横を見れば、ロナもしっかりと並泳してリーデルから目を離さないようにしてくれた。

　背後に座るリーデルの様子が見られないオレからすると、とてもありがたい。

「行きます、爆弾点火！　推進剤も点火成功！　起爆までのカウント、二十九秒前！」

　背後から、バシュッ！　という音とともに火薬の燃える匂いが鼻をつく。

　オレの手首にある腕輪にも鎖を伝って、ガガガガッと爆弾が移動する振動が伝わってくる。

「きゃっ！」

「大丈夫か？」

　リーデルの小さな悲鳴。

「だ、大丈夫です。けほっ！　思ったより、推進剤が吹き出す煙が多くて……爆発まで残り二十六秒！」

　良かった、火傷をしたとかではなさそうだ。

　魔魚との距離は鎖を張った状態で維持できている。

「十九、十八、十七……」

　リーデルのカウントも進み、やがて。

「坊ちゃん、起爆、十秒前！」

「よし、爆発の衝撃に備えてしっかりつかまってろ！」

「し、失礼します！」

リーデルがオレの腰に両手をまわして、抱き着いてきた。

オレにつかまるのかよ？

お前、今、水着だろ!?　背中に柔らか……ええい！　これから死闘だってのに気が散る！　嫁入り前の娘さんはもっと恥じらいをだな！

いや、今はそれどころじゃない！　爆弾はどうなった？

「ロナ！　爆弾は!?」

「白煙の出ている場所がさきほどから止まっている。そこに溜まった煙で見えなくなったが、魔魚の体か魔槍に接触しているはずだ」

シャーリーンと並泳しつつ、魔魚の方を見ながら状況説明をしてくれるロナ。

という事は、おおよそ二十秒で到達したか。

「今更だが、爆発で槍が折れたりしないか？」

「本当に今更だな、オーガ殿。しかし獲物がアレであれば、族長たる母も魔槍を喪失したとて納得するさ」

そういうもんか。

だが助かった。

ここで、魔槍の回収ができなかったから契約違反で報酬は無し、と言われたら泣くに泣けん。

「三、二……坊ちゃん、爆発します！」

「絶対に落ちるなよ！」

「はい！」

さらにぎゅっと抱きしめられるオレ。

背中で潰れる柔らかい感触に、全神経が持っていかれる。

いかんいかん、そんなよこしまな感情、リーデルに向けるなんて、とんでもな……うおっ!?

「おわっ！」

「きゃ！」

予想以上の爆発が起き、その轟音に耳がつんざかれる。

心がかき乱されている中、背後からの爆発のあおりをモロにくらって、盛大にバランスを崩すオレ。

慌ててシャーリーンにしがみつき、そんなオレにリーデルがさらに強くしがみつく。

「おわぁぁあああ！」

「きゃあああああ！」

そして間を置かずにやってくる、爆発で起きた大波！

オレたちの乗ったシャーリーンが、ものすごい勢いで揺さぶられる。

そのたびに頭から大量の水をかぶり、視界と呼吸が狭く苦しくなる。

オレの腰に抱き着いてるリーデルも、互いに濡れていく体に、これまた濡れた手でしがみついているのだから、滑って振り落とされるかもしれない。

オレはハンドルに右手だけを残して、左手で腰に回されていたリーデルの両手をまとめてガッシリとつかむ。

「リーデル、安心しろ！　絶対にお前を離さない！」

「は、はい……ッ」

声に元気がない。

怖いんだろう。やっぱりこんな無茶な作戦に参加させるべきじゃなかった。

今の一撃で、勝負がついている事を願いたい。

「ロナ、無事か！」

波もおさまらぬ周囲を見回すと、オレの声に反応してすぐ横の波間からロナが姿を現した。

思った以上の衝撃と見て、とっさにシャーリーンにしがみつき、はぐれないようにしていたらしい。

「オーガ殿たちこそ無事か！」

「なんとかな。思った以上の爆発で、ちょっとヤバかったが、ダメージは無い」

「エリザベス殿はなかなか豪快なお人だな。私は認識を改めた。見た目の可憐さで、人を判断してはいけないという事を学んだよ」

「そりゃ良かった。オレもそれをずいぶんと昔に学んだつもりだったが、それでも今回は予想以上だった」

オレもまだまだ、エリー先生の事をわかっていなかったという事だ。

「さて、どうなった？　鎖は……今の爆発で砕けたか？」

腕にかかっていた負荷がない事に気づき手首を見れば、腕輪から伸びていた鎖が消えていた。

これだと鎖をたぐっても、魔魚と魔槍の回収ができない。

「おい、ロナ。鎖が砕けたぞ」

「なに？　魔力は流しているのだろう？」

「ああ」

オレは左手で腕輪をコンコンと叩く。硬質化しているのは腕輪に魔力が残っている証拠だ。

「どうする？　魔魚と魔槍を回収するんだろう？　これじゃ鎖で引き上げて回収はできなくなったぞ？」

「とりあえず私が様子を見てくる。オーガ殿とリーデル殿はいつでも動けるようにしておいてくれ」

ロナが音もなく、すいっと泳ぎ出す。

その先はいまだ、白煙が上がっている海面だ。

煙があがっているということは、燃えている何かがそこにあるわけで。

そんな白い煙が動き出したということは、燃えている何かが動き出したというわけであって。

「……!?　ロナ、気をつけろ！」

「オーガ殿！　魔魚はまだ生きている！」

あんだけの爆発を食らって、まだ元気だってのか？

リーデルがしっかり背後にいることを確認しつつ、シャーリーンの上で身構えるオレ。

反撃してくるかと思いきや、昇り立つ白煙が遠ざかっていく。

「オーガ殿、魔魚が逃げる！　追うぞ！」

「おう！　いくぞ、リーデル！」

オレの腰に回されている細い腕に力が入ったのを見計らい、先行していたロナを追いかけるようにシャーリーンを発進させ、焦げた魔魚の匂いが混じった白い煙の跡を追っていく。

「オーガ殿！　早く鎖を！　潜られるとオーガ殿では槍を視認できん！」

「チッ、そうなると鎖も出せなくなるか！　シャーリーン、頼むぞ！」

鎖を発生させる為の条件は、腕輪の装備者が槍を視認する事。

ロナであれば魔魚が潜っても追いかけられるが、オレでは海中の追跡戦は無理だ。

ここからでは、白い煙に魔魚の体が隠されて魔槍を視認できない。もっと近づかないと！

シャーリーンのスク竜機構をブン回してさらに速度をあげる。

ボディが悲鳴をあげる。

かなり無理のある出力だが——ところで、一流品の条件って知ってるか？

無理をしなきゃならん時に無理ができるから、そう呼ばれるんだ！

シャーリーンがボディをガタガタと振動させながらも、ロナを追い抜いた。

その頃には、魔魚にまとわりついていた白い煙も全て後ろに流れ、鋭い背ビレがハッキリと見える。

横に刺さっている魔槍も健在だ。

一方で、サメーガが魔力で生み出した、蒼い羽根はなくなっていた。

確かエリー先生は、魔力のある限りの再現と言っていた。ついに魔力が尽きたのだろう。

ならば後は体力勝負。

「さてさて。もう一度、つきあってもらうぞ！」

岩礁に引き寄せた時と同じ距離になったところで、腕輪をかかげた。

この距離であれば、鎖を伝う爆弾の到達時間もさっきと同じ感覚でいけるはず。

違うのは、追う立場と追われる立場が逆になった事、そして次の爆弾の威力だけだ。

オレは腕輪に魔力を流し込む。

魔魚の背に刺さった魔槍が再び血の花を咲かせ、蒼い魔力鎖でオレの腕輪とつながった。

魔魚が暴れ、グンっと引っぱられる感触。

同時に違和感が走った。

その正体にすぐ気づく。

「……ロナ！」

「どうした？」

「鎖にヒビが入ってる！」

「なに？」

生み出した蒼い鎖には、これまで無かったヒビが見て取れる。

「さっき鎖が破壊されたからか？　それとも連続使用に制限でもあるのか!?」

「すまん！　わからん！　そもそも魔力鎖が破壊された事などこれまで無かった！　私の時のように術者の魔力不足ならともかく、オーガ殿の強力な魔力で編んだ鎖すら破壊する魔道具とは一体なんなんだ!?」

「オレに言われてもさぁ！」

破壊されると鎖も損傷状態が続くのか？　それとも連続で発動させると脆くなるとか？

最悪の事態を想定する方向でやってくしかない。

鎖がいつ切れてもおかしくないなら、すぐにでも勝負を決めなきゃならん。

17　魔魚が跳び、しかしてオーガは空を舞う　（魔魚ハンティング　三日目・朝）

「リーデル、聞いていたな？　鎖がヤバい！　速攻で決着《ケリ》をつける！　次の爆弾、いけるか!?」

「爆弾は大丈夫です。けれど、私が後ろからでは難しいです！」

くっ。

さっきは追われる立場だったから、オレの腕からつながる鎖は後方の魔魚を捕らえていた。

後部座席に座るリーデルにとってもそれは都合が良かったが、今は追う側になっている。

鎖はオレの前へ前へと伸びていて、一方のリーデルはオレの後ろで爆弾を抱えたまま、狭い鞍の上で右往左往していた。

オレはなるべくハンドルと胸の間を空けようと、シートの後ろに自分の体をずらす。

リーデルであれば入り込めるだろうスキマができた。

「こっちに移動できるか？」

「は、はい、なんとか……」

爆弾を大事に抱えながら、自身も海に落ちないように慎重に移動してくるリーデル。

体を密着させながらオレの前に回り込もうとしているので、背中に感じていた柔らかいものが、どうしたっていろんなところに当たる。

さすがにこれはよろしくない。よろしくないぞ、リーデル！

黙っていたら、後で何を言われるかわからん！

遠回しにリーデル自前の危険物が、オレの体に当たっている事を忠告しておこう。

「おい、リーデル」

「な、なんでしょう？」

リーデルがこちらに顔を向ける。

近い。

「その……おっ、おっ……」

「な、なんでしょう？」

ほほが赤いのは、命がけで危険な事をしてる最中の興奮状態にあるからだろう。

「おっ、おっ、おっぱ……おちないようにな！」

「は、はいっ」

オレは無力だ。

であれば鋼のごときこの肉体と同じレベルの精神力で、しっかりとリーデルを支えるだけだ。

片手だけでも空いていれば、もっと安全にリーデルを移動させられるのだが仕方ない。

鎖につながった腕輪をしている右腕は、魔魚に引っ張られて前に突き出したままだし、もう片方の手はオレ自身が落ちないようにハンドルにつかまっている。

せめて微動だにしないようにして、リーデルが移動しやすいようにふんばろう。

「す、すみません、坊ちゃん」

「だ、大丈夫だぞ」

大丈夫じゃないが、そう言うしかない。

リーデルが爆弾を落とさないよう、オレにしがみつきながら移動してくる。

オレの腕の下、横腹を通過する時は、完全に肌を密着させながら、ジリジリと回り込こんでくる。

柔らかい二つの爆弾が、オレの肋骨に当たる。

水着は厚手のようで薄手だった。一つ賢くなった。

オレの横をなんとか通過した後、リーデルの白い背中が、ようやくオレの前にやってきた。

爆弾もしっかり持っている。

「お、お待たせいたしました。準備、よろしいですか？」

「おう、すぐにも点火だ」

「推進剤の白煙がすごかったのでご注意を。吸い込むとむせますから」

「わかった」

オレがうなずくと、リーデルは爆弾のフックを魔力鎖へひっかけて、落ちないようにセットする。

「爆弾点火！　推進剤も同時に着火します！」

爆弾上部にある二つのピンに同時に指をかけ、勢いよく引き抜くリーデル。

バシュッという音がしたと同時に爆弾から白煙が噴き出した。

……しかし。

「うおおおっ、げほっ！　煙たい！　爆弾が進んでねーぞ!?」

「ぼ、坊ちゃん、爆弾のフックが鎖に絡《から》まっています！」

リーデルの方は状況がつかめているようだが、オレからだと白煙に包まれてなんも見えん。

どうやらセットした具合が悪かったらしい。

爆弾の起爆カウントはすでに始まっている。

悠長にしていると大爆発だ！

「そのまま腕を動かさないでください！　爆弾のフックを直します！」

リーデルが体を前に乗り出し、濃い白煙の中に潜り込んで、爆弾のセットをやり直し始めた。

オレがつかんでいるハンドルの上に乗りかかるようにして、煙の中で懸命に作業している。

白煙の中から突き出たリーデルのお尻が、オレの顔の前で右に左にと揺れる。

つい目を背けた。

「お」

間を置かず、目の前で吹き上げていた白煙が前進を始めた。

白煙の尾を引いて、爆弾が逃げる魔魚の背ビレへ一直線だ。

「よくやった、リーデル！　って、あれ？」

爆弾がカッ飛んでいき、周囲の白煙が晴れたのだが。

目の前にあったはずの大きなお尻がない。

「え？　は？　リーデル？　……まさか!?」

オレはもしやと後ろを振り返る。

後方の海面で、手足をバタバタして波を立てているリーデルの姿があった。

爆弾をセットしなおしている時に落ちたか！

くそっ、お尻から、いや、リーデルから目を離すべきじゃなかった！

でもあれは仕方ないだろ!?

リーデルは慌てているのか、まともに浮くこともできず、まるで溺れているようだった。

「どうする!?」

腕の鎖はピンと張られたまま魔魚に引っ張られているし、それを伝って爆弾が進んでいる途中だ。

リーデルの所に引き返そうにも戻りようがない。

だがリーデルの近くにはロナがいるはずだし、爆弾をセットして起動するというリーデルの役目も終わっている。

後はオレがこの状態を維持しつつ、爆発のタイミングを計ってシャーリーンごと水中へ退避すればいい。

爆発時の衝撃を逃す時間くらいなら息も続く。

そう考えれば、むしろ今の状況の方がリーデルにとって安全では？

「ん？」

不意に手首を引っ張っていた鎖から、張りがなくなった。

視線を前に戻すと、波を切っていた背ビレが止まっている。

それがゆっくりとこちらに向き直った。

鎖を走る爆弾は、いまだ半分というところだが。

イヤな予感がする。

「……リーデルの落下に気づいた？」

まさか？

次の瞬間、魔魚の背ビレが向きを変え、こちらに向かって泳ぎ始めた！

「くっそ！　耳がいいな、魚に耳があるかは知らんが！」

鎖がどんどんゆるみ、ピンと張っていたそれは、やがて海面に触れ、沈み、水中の奥へ奥へとたるんでいく。

つまり、それは。

「やべぇ！」

今、まさに魔魚に到達した爆弾ごと、こちらに戻ってくるという事だ！

爆発まであと二十秒ぐらいか？

「ロナ！　どこだ！」

「ここだ、オーガ殿！」

「約束は覚えてるな!?　リーデルを担いで島へ戻れ！　ヤツが爆弾ごと戻ってくるぞ！」

「承知！」

ちょうどオレとリーデルの中間あたりからザバッと顔を出したロナがすぐに、浮かんでいたリーデルをつかまえて泳ぎ始める。

「ぼ、坊ちゃんを残して私だけなど！　あ、ロナ様、待って、坊ちゃんを、坊ちゃ……ッ！」

リーデルの言葉は、ロナが青い尾ビレで海面を叩く音に飲まれて消えた。

上半身だけを浮かせ、リーデルを横抱きした姿勢で泳ぐロナだが……おお、速い速い。

あっという間に点になった。まさに有無を言わせぬ泳ぎ。

後でリーデルに色々と言われそうだが、その〝後で〟を無事に迎える為にも、オレがここでキッチリ決めないとな。

オレは振り返る。

前からは迫る魔魚。

後ろには逃げるリーデルたち。

オレはそれら二つとは別方向、真横へ向かってシャーリーンを走らせる。

魔魚の狙いがオレなら、すぐ方向を変えてこちらにやって来るだろうし、リーデルが狙いであってもこの魔力鎖がある限り、彼女たちに近づくことは阻止できるはずだ。

オレだけの力での引っ張り合いだと分が悪いが、オレには師匠の試作したスク竜機構を積んだシャーリーンがある！

「ちっ、やっぱりリーデルが落ちた音に反応したのか」

しかし、魔魚は横に走り出していたオレではなく、リーデルたちが消えていった方向へ向かっていた。

「そうはっ！　させんぞ！　っと！」

左手でシャーリーンのハンドルを握りしめ、右手は鎖を握りしめて、腕輪のはまった手首にも力を入れる。

グンっという反動と同時に、シャーリーンをさらに加速させる。

「さて、綱引き再開だ！　シャーリーン、またまた無理させちまうな！」

今、オレと魔魚は鎖の長さいっぱいの状態で均衡状態になっている。

あと少しこの状態を維持できれば問題ない。むしろベストだ。

距離が縮まりすぎると、絶賛白煙中の〈中火〉爆弾の爆発に巻き込まれる。

「むっ、くっ」

引っ張られる右手首がガクガクとぶれる。

全力のシャーリーンの推力でも、ジリジリといった具合で引っ張られていく。

「あと、十秒……」

頭の中で数えていた、爆発までの時間。

不意に右手にかかっていた力がゆるみ、白煙に包まれた魔魚に動きがあった。

「やっぱり来るか、だが今更だ、この魚頭めッ！」

オレというオモリで自由に動けないと判断し、こちらに向かってくる魔魚。

オレは全力で逃走開始。

パワー負けはしていたが、スピードはこちらが上。

たるんでいた鎖もすぐに張り詰め、互いの距離が再び、鎖の長さが許すいっぱいまで広がる。

「八、七、六……」

数秒たらずの追跡劇は、あっという間に終わる。

残り三秒になったら息を大きく吸って、シャーリーンごと潜水しようとタイミングを計っていたオレだが。

「ッ!?」

オレの脳内カウントが残り四秒となった時点で、魔魚と仲良しになっていた〈中火〉爆弾が爆発した。

いや、爆発なんて生易しいもんじゃない。

「ぐおっ！」

耳をつんざく轟音と、昼間でもわかるほどの閃光が後ろから襲ってきた。

大爆発だ。

しかもそれが連鎖的に何度も続いている。

「こ、これ、火薬だけじゃないな!?」

遅れてやってきた衝撃波で、体が前へともっていかれる。

「まさか……魔力爆弾か!?」

耐衝撃試験用の爆弾だから、殺傷力をあげるための飛礫《つぶて》や金属片は仕込んでいないと言っていたが、それ以上に危険な爆弾がある。

——魔力爆弾。

簡単に言えば、特定属性の魔力がこもった魔石、すなわち魔結晶と呼ばれるものを仕込むことで威力を増したものがそれだ。

今回なら爆破力を増幅する魔結晶を仕込んでいるだろうから、火か風の魔結晶か?

ちなみに魔結晶はマナが深くしみ込んだ土地などで採れる魔石の高級品であり、その採取には非常に危険が伴う。

火の魔結晶が取れるのは噴火している火山の近くだったり、水の魔結晶なら深い海底だったりと、その場所にたどり着くだけで命がけの場合が多い。

採取場にたどり着いても、魔結晶ができるようなマナの濃い場所には、それを目当てに集まる魔獣や魔物が棲みついている事もある。

それこそクラーケンみたいなヤツだ。

近づくだけで困難、採取も困難、帰って来るのもまた困難。

もう何から何まで、命がけで得られる魔結晶。

当然ながら非常に高価で、一攫千金を狙って魔結晶の採取に挑むのは、気合の入った命知らずどもだ。

借金で親父の命がかかっているオレでも、とうてい真似できない。

そんな高価な危険物を用いた爆弾が、今、オレの後方で爆発したわけだ。

ご覧の通り魔力爆弾の威力はハンパない。

あんな小さな爆弾だったというのに。

「うおっ、うおっ、うおおっっ！」

オーガのオレを乗せた巨躯のゴーレム、その重量を持ち上げるほどに強い衝撃と風圧が、はるか後方から何度も津波のように押し寄せる。

海上を滑るように設計された今回の流線形ボディが裏目に出た。

ボディ下面にその暴風がもぐりこみ、え、浮いた？　と思った瞬間には。

「う？　うおおおお!?」

必死にしがみつくオレごと、シャーリーンが空を飛んだ。

一度、浮いてしまえば、後は爆風に弄ばれるだけだった。

止むことなく起こる爆発と暴風。

そのたび、さらに高く吹き上げられていく、可哀そうなオレ。

〈中火〉爆弾に付けられていた、注意書きが脳裏に浮かぶ。

『これを使わせる相手ならたいしたものだ。使用の際は必ず全力で距離を取ること』とあったが、加減というものを知って欲しい。

そんな事を思い出しながら、きりもみ状態になったオレとシャーリーンは、なおも太陽に向かって飛んでいく。

空が綺麗だ。

太陽があんなに近くに感じる。

――さて。

魔魚と違ってオレに羽根は生えない。

羽根がないのに空を飛ぶとどうなるか？

落ちるのである。

真っ逆さまに落ちて、多分、痛いのである。

「頑丈な体とは言え、痛いのはイヤだなぁ」

いくら下が海でも、高いところから水面に叩きつけられれば相応の衝撃がある。

シャーリーンを下にできればと思うが、いまだ絶賛きりもみ中。

視界が面白いくらいにぐるぐる回転していて、自分が上を向いているのか、下を向いているのかもわからない。

どう落ちるかもわからん。

今はただ、丈夫な体に生まれた事を感謝するだけだ。

ぐるぐる回る世界の中、いつ終わるかわからない浮遊感。

ずいぶんと飛んでいくなー、と現実逃避を楽しんでいたら。

「ぶくぁ!?」

シャーリーンを下にするどころか、シャーリーンの下敷きになるような恰好で海面に衝突した。

「おぼおぼおぼおぼぼぼッ！」

ちなみにオーガの体は筋肉質で、一般的には水に浮かない。

シャーリーンは無動作の待機状態でも係留《けいりゅう》できる程度には浮くが、オレがこうしてしがみついていればそれも不可能。

しかしシャーリーンはスク竜機構により浮力を得られるし、オレは一般的なオーガよりスタイリッシュな体系の為、かろうじて水に浮く。

必死にシャーリーンに全速全開と念じながら、口と鼻の奥を直撃した海水のしょっぱさに耐えつつ海面を目指す。

シャーリーンがスク竜を全開にする。

落下の衝撃で破損していた可能性もあったが、やはり一級品というのはピンチの時こそ活躍するから、一級品なのだ。

駆動の振動に安堵感を抱きながら、海中の中、上へ上へと浮上していく。

「ぶはっつ！　ぜっえっ、はっ、ぜっ、はぁっ！」

なんとか海上にたどりつき、しぼりきった肺に酸素をそそぎ込む。

空気がある事の幸せを、口の中に残る塩辛さとともに味わう。

「オーガ殿。なかなか派手な帰還だな。爆発音と衝撃がここまで届いたが無事か？　それに魔魚はどうなった？」

偶然そこにいたロナ。そして。

「ぼ、坊ちゃん！　ご無事ですか！　あんな危ない真似をして！」

ロナに抱えられたまま、波間に揺れるリーデルがオレを怒鳴りつける。

ロナは後方を見やっているが、魔魚の姿がない事に安堵しているようだ。

あんな爆発の中心部にいてまだ生きていたら、もはやそれはまっとうな生き物じゃない。魔獣ではなく、魔物クラスだ。

だがその万が一を確認するべきだし、そもそもの目的である魔魚の肉やら牙やら（あの爆発の中心部でそれが残っているかは疑問だが）を回収するために、やはり戻る必要はある。

だが、今はいったん拠点に戻って体勢を整えるのが先だろう。

オレも海で体を打ってあちこち痛いし、同様に海面に強く叩きつけられたシャーリーンの確認も必要だ。

シャーリーンは痛いと言わない良い子だが、痛いと言ってくれない寡黙な子は、いざという時に故障で動作不能となる。

「坊ちゃん、聞いていますか!?　ご自分だけ危険な目にあうような事をして！」

リーデルのほほが濡れているのは波に揺られているだけじゃない、と思うが、それをうまくなだめられるほどオレは口が上手じゃない、だから。

「よう、リーデル。久しぶりだな？　元気だったか？」

こんなふうに茶化す事しかできない。

それまで眉をへの字にしていたのに、すぐにいつものキツい眼差しになって、オレに何かを言いかける。

……あ、マズい。

いや、リーデルの事じゃない、もっと切羽詰まったピンチが手に伝わってきた。

「坊っちゃん、ふざけないでッ！」

「悪いな、リーデル、お小言は後だ。ロナ」

「なんだ？」

リーデルを手で制して、ロナにたずねる。

「リーデルだけじゃなくて、オレ〝たち〟もけん引できるか？」

「なに？」

「やばい。シャーリーンに無理をさせすぎた」

ボディの近くにぷくぷくと大きな泡が立っている。

おそらくクラックが入って、そこから浸水している。

「し、沈む、沈む！」

さすが石と鉄と魔石の塊。もともとギリギリだった浮力を失えば、沈むのもあっという間だ。

そこに遺憾ながらも、細身とは言えオーガがしがみついていれば、沈まないはずもない。

「シャーリーン、スク竜、駆動開始！」

足らない浮力を得ようとシャーリーンに念じるが……ガクンガクンとボディが揺れただけでスク竜が起動しない！

「すまん、一級品にも限度はあるよな！」

シャーリーンは一級品だったが、扱うオレが三流だった！

自分一人ならなんとか泳ぐこともできるが、シャーリーンを曳いて泳ぐのは無理だ。

「オーガ殿、ゴーレムを片手で保持できるか？　持つだけでいい」

「それくらいなら、なんとか」

オレは利き腕でシャーリーンの外装にある出っ張りを握りしめる。

「空いた方の手で私の肩をつかめ。リーデル殿を抱きかかえているし、私の手は空かないからな」

「ん？　それだとロナが泳ぎにくくないか？　リーデルもロナの肩を持てばいいんじゃないか？

もしかしてケガでもしたのか？」

オレはリーデルを見る。

「い、いえ、そういうわけではないのですが。そ、そのですね！」

リーデルが目に見えて慌て始め、オレに向かってワチャワチャと手を振る。

「ロナもその体勢は泳ぎにくいだろ。リーデルがオレかシャーリーンにつかまった方がよくない？」

「確かに私としてもそちらの方が泳ぎやすい。リーデル殿、大丈夫か？」

オレがそう提案するとロナも肯定する。

「ならリーデルはこっちに来いよ。細っこいお前がつかまる程度ならシャーリーンも沈まない」

「ほ、細いですか？　……いえ、あの、ええと」

リーデルがどうしたものかとソワソワし始める。

「ほら、早く来い」

「……は、はいッ」

オレに急かされ、ようやくリーデルがロナの腕の中から飛び出した。

「おっと」

だが、その小さな手を取ろうとして、オレも手を伸ばしたのがよくなかった。

「うお」

バランスが変わり、ギリギリのところで浮いていたシャーリーンがガクンと沈み、オレが差し出した手はリーデルに届かない。

オレの手を取ろうとしていたリーデルも目測をあやまり、目の前でボチャンと顔から海に突っ込んだ。

やってしまった。

コレは今夜の晩飯はおかわり無しだな、と思っていると。

「ぼっ、ぼっ、ぼっちゃ、ぼっ……ッ！」

「なに遊んでるんだ、リーデル？」

突如、目の前で踊り始めるリーデル。

いや、これって、もしかして。

「は？　……お前、泳げないのか!?」

オレは慌ててリーデルの側へ近づく。

「ぼ、坊ちゃん、た、助けて、助けてくださッ……うぷぷっ！」

その見事なバタつきっぷりは、さっきシャーリーンから落ちた時と同じだった。

つまり、さっきも溺れていたわけか!?

「リーデル、大丈夫、大丈夫だぞ！」

暴れるリーデルを抱え込もうとしたオレだが、しがみつかれて一緒に沈みそうになる。

とは言え華奢な女の細腕だ。

その動きを止めるよう、力づくで抱きしめた。

「……ふう」

すると、リーデルがピタリと止まった。

ジッとしていると、なんとか海面でバランスがとれる程度には浮き上がる。

「お前、泳げないのにこんな危険な事を自分から進み出たのか？」

「そ、それはその。泳げないと言ったらダメと言われそうでしたし」

当たり前だ、バカタレ。

「まったく」

「すみません……」

とは言え、オレの為に危険をおかしてまで、色々と協力してくれたことには感謝しかない。

怒るに怒れない。

なんとなく無言で見つめ合うオレたち。

「……」

「……」

慌てて抱きしめたままだが、こうなると色々と意識してしまう。

とは言え手を離すことはできない。リーデルが沈む。

ど、どうすりゃいいんだ、この状況。

「ふたりとも。話はまとまったか？　であればオーガ殿は片手でゴーレムを保持、もう一方の手で私の肩をつかんでくれ。リーデル殿はそのままオーガ殿にしがみついてくれれば、私としても運びやすいのだが……問題ないか？」

いいタンミングだ、ロナ！

オレはリーデルから視線をそらしてロナに返事をする。

「おう！」

「はい！」

腕の中のリーデルも、やたら大声で即答していた。

オレと目を合わせないように、けれどしっかりと抱き着く腕に力をこめるリーデル。

顔はうつむいたままだ。

耳が赤く見えるのは、やっぱりさっき手を取りそびれて、海の中に落ちた事を怒ってんのかな。

今日の晩メシ、ちゃんと出してくれるだろうか。

色々と不安を抱えつつオレはシャーリーンを引っ張り、無言のリーデルを胸の中に抱えたままロナに曳かれ、拠点の無人島へ帰還した。

姫騎士の受難③　皇室歴334年8月3日、正午

「人魚が歌うのは、月の夜と聞いていたがな」

夜を徹して歌うとも言われる人魚だが、頼りの歌声は夕方前に届かなくなった。

とは言え、私も人魚の事をさほど知っているわけでもない。

空に住まうハーピー、深い谷に住まうラミア、そして海に住まう人魚。

人間界と魔界を隔てる大自然に住まう彼らは〝狭間の種族〟と呼ばれ、とても謎が多い。

助けを請えば応えてくれる事もあり、剣を向ければ牙をむいてくるのは、共通している。

ゆえに私は人魚の歌声に希望を見出したのだが。

「はぁ。耳を澄ましても聞こえるのは、私がくたばるのを待つ海鳥の声だけか」

いつの間にやら私の頭上高くでは、白い羽根を持つ海鳥たちが飛び交っている。

その美しい姿とは裏腹に、彼らは船乗りたちの間では死肉漁りとも呼ばれている。

海で遭難した者や、海賊たちが身内の制裁で岩礁に置き去りにした者を狙い、腹を満たすのだ。

獲物が生きているうちに襲い掛かってくることはないので、私がその鋭い牙に痛みを覚える事はないだろうが、私という食事を予約する客のようで腹立たしい。

「おあずけだ！　一生、腹をすかしていろ！　やかましいクソ鳥どもめ！」

進むべき道標を失った私は、海鳥相手に怒鳴りつけつつ足を動かす。

「しかし、どちらに向かうべきか。こっちか？」

むやみに動かない方がいいという理性と、この方向であっているはずという衝動、その二つが私の頭の中でとっくみあい、衝動が勝った。

だいたい私は、ジッとしているのが苦手なんだ。

夜を徹して歩き続け、日も高くなった頃、再び魔力の残滓がはるか正面の先から聞こえ始めた。

「向かうべき方角はあっていたか。しかし、昨

日の魔力とは違うな？」

感じる魔力が昨日よりもさらに弱い。私でもギリギリ感じられるほど微量なものだ。

一瞬、進む方向を間違えて遠ざかっていたのかと思ったが、前方から聞こえているのは確かだ。

となると、歌い主が変わった？

「しかし、なんとも不自然な魔力だ。まるで継《つ》ぎ接《は》ぎされたような、駆け出し魔術師がつむぐ、うろ覚えの詠唱のような感じがする」

私は首をかしげながらも、歌声の主が去ってしまわないうちにと、早足になって歩き出した。

そうして私が歩いていると、そのはるか先、おそらくは歌声の主がいる場所がかすかに光った。

昼間でもわかるほどの激しい光だ。

「……思ったより、かなり遠いが、何があった？」

ここからでは何が起こっているのかもわからないが、ただ一つハッキリした事がある。

「果たして、この距離。私の体力は持つか？」

降り注ぐ強い太陽の光と、張り付くようなノドの渇きに絶望しつつも前を見据える。

「他に手立てもない。行くしかないな」

それでも足を進めるしかないと、水平線の先に見えた謎の光へ向かって歩き始めた。

さらに時間を置いて、さきほどより激しい光が遠方で生まれた。

光とともに、わずかに聞こえてきたのは、空気がうなるような音。

「何かが爆発しているのか？」

この二度目の光は、明らかに爆発と言えるものだった。

私は、この海の道の先に活路を見たと思っているが、果たして待っているのは本当に助けとなる人魚だろうか？　それとも……？

「しかし、後ろに道もなく、前に進むより他に当てもなく」

結局のところ、私は前へ前へと進むしかない。

歌も聞こえなくなった今、爆発のあった方向を目に焼き付け、ひたすらまっすぐに歩き続けた。

18　獲物を前に舌なめずり　（魔魚ハンティング　三日目・昼）

すでに日は中天。

あれだけの激闘をして、まだ半日とも言えるが疲労困憊だ。

だが、魔魚の死体……というか、肉片と化しただろう魔魚と、魔槍を回収する仕事が残っている。

この最後の一仕事を終えなければ、命がけでがんばった意味がない。

「んー」

岸に打ちあげた状態のシャーリーンをチェックしているオレは、深いため息をついた。

「うーん、やっぱりダメか」

魔力切れでスク竜機構が止まっただけかと一縷の希望を持っていたが、やはり衝撃による破損だった。

そもそも今回はあんな無茶は想定していなかったし、テストパーツという点を考えれば、あんだけの無茶ぶりをまっとうしたのは、素晴らしいの一言に尽きる。

「さすが師匠」

ゴーレムの扱いもパーツ開発も超一流。

オレが目指す頂きはどうにも高い。だからこそ憧れてしまう。

「坊ちゃん、ゴーレムはどうですか？」

「ダメだな、ここでどうにかできるような状態じゃない。修理は持ち帰ってからだな」

トレイにのせたアイスカフェオレを、オレに差し出したリーデルの表情がかげる。

それを受け取り、口の中にいまだ残っていた潮の味ごと飲み込む。

なんというか、リーデルのこの顔、見覚えがある。

「言っとくが、今回は、いや、今回〝も〟お前のせいじゃないからな？」

「で、ですが、私があそこで海に落ちなければ」

ほらね。ほーらね。

やたら暗い顔をしていると思ったら、また自分が不始末をしたと思いこんでる。

確かにリーデルが海に落ちた事で状況は一変した。

だがリーデルがいなければ、そもそも爆弾を扱う事も難しかった。

リーデルがいなきゃ始まらない作戦だった。だからアレは。

「アレはミスじゃない。トラブルだ。そんでもってうまく乗り切った。オレとお前が力を合わせて、な」

「……坊ちゃん」

オレとしちゃあ、なかなか気の利いたセリフを吐けた気がする。

「仲間外れにしてもらったところすまないが、獲物が潮に流されないうちに現場に戻りたい。オーガ殿も来るか？　できれば獲物を回収する為の、手と目の数は少しでも多く欲しい」

グラスに残っていたカフェオレを氷ごと流し込みながら、ロナがやって来た。

確かに魔魚はバラバラだろうな。

肉片は勘弁して欲しいが、牙や背ビレを探して回収する人手はあった方がいいか。

腕輪も預かったままだ。

「ああ、オレも行く。あっちこっち痛いが、魔力もまだ余ってる。けん引ならまかせろ」

「ふむ。あれだけ派手に落ちてきて、痛いで済むというのは流石のオーガ族だ」

頑丈な体だからか、無茶をする悪癖がついてきた自覚もある。

痛いで済んでるうちに改めないと、そのうちマズい事になりそうだ。

「ロナはどうだ？　お前さんもたいがいお疲れさんだろ？　現地までオレを引っ張っていけるか？」

シャーリーンが使えない以上、あんな離れた海域まで自力で泳いでいたら日が暮れる。ロナに引っ張ってもらうしかない。

「巨躯とは言え、オーガ殿ひとりであれば背に乗せても問題ないぞ」

さすが人魚。

だからといって女性の背中に乗っかるというのは、外聞が悪すぎる。

「よし、頼む。だがさっきみたいに肩を貸してくれればいい。行こう」

「ああ、行こう」

そういう事になった。

一緒に行くと言いたげなリーデルだったが、カナヅチとバレた今、本人も拒否されるとわかっているので強くは出てこられない。代わりに。

「あの、坊ちゃん」

「んあ？」

「あの魔魚がまだ生きているなんて事は……ないですよね？　もしそうでしたらロナ様だけの方が、逃げる分には身軽なのでは？」

「さすがにそれは無いだろ。無いよな？　無いって言ってくれよ、ロナ？」

さすがのロナも即答するかと思ったが。

「それはわからん。安易な予想は身を滅ぼす。狩りをする時は常に油断してはならんと、母に教わった」

そんな不安になる即答は求めていない。

「とは言え、さすがにあの爆発だ。肉は諦めているが、牙や鱗だけでも残っていれば、それを煎じて飲ませられる。魔魚の欠片を探す方が大変そうだな？」

苦笑するロナ。

さっきの言葉はあくまで慎重論というか、狩人としての心得的なもの、守るべき師の教えなんだろう。

「リーデル、そんな顔をするな。ロナもこう言ってるだろ。安心しろって」

「……はい」

「では行くぞ、オーガ殿。リーデル殿、腰巻きを頼む」

二本足の姿のまま海へと進み入るロナ。

その場にパレオを残し、ふわりと海の上に浮かび上がったと思った時には、すでにその足が大きな尾ビレとなっていた。

調子を確かめるようにそのヒレで、ぱしゃん、と水を叩くロナ。

「よし。オーガ殿、行こう」

「おうよ」

オレもバシャバシャと海へ入り、ロナの肩をつかむ。

ロナが泳ぎ出すと、ぐんっと体が前に持っていかれる。

速い速い、疲れ知らずだな。

そうして爆発地点まであっという間にたどりつく。

迷いなく、まっすぐだった。

オレとしては、どこも同じような風景にしか見えないが、そこは人魚。

ロナからすれば遠景の島や、海面下の地形などで判断できるそうだ。

オレには海上の景色しか判断するものがないが、人魚にとっては海の上と下に景色があるわけだし、情報量が単純に倍か。

「オーガ殿、あれを見ろ。魔槍もまとめて回収できるとは運がいい！　やはりオーガ殿には、戦女神の加護があるな！」

「すげーな。あの爆発でバラバラになってないのか」

魔魚は果たしてそこにいた。いや、あった。

凶暴な牙が並ぶ大きな口を力なく開いたまま、横腹を見せて浮かんでいたのだ。

背中には魔槍が刺さったまま。

ただし、下半身はない。

まさに真っ二つという具合で、きれーに吹き飛び無くなっていた。

「魔魚もそうだが、槍も折れずに残っているのはすごいな」

「なぁ、オーガ殿。さきほどの爆弾、もしや魔力によるものか？」

何かに思い当たったような顔で、ロナがたずねてくる。

「おう、よく知ってるな。魔力爆弾って言って、魔結晶を仕込んだものだ。いや、もしかしたら一発目にも少しは仕込んであったかもしれん」

そう考えると、あの小さな爆弾であの威力も納得できる。

オレも考えつくべきだった。

師匠のゴーレムの耐久性能を計る爆弾が、ただの爆弾であるはずがないのだと。

そして、あの人達にとっての常識と、オレのような一般人の常識の差、というものを。

後悔、先にも役にも立たずとは、よく言ったものだな。

「なるほど、魔力がこもった爆発か、であれば納得した」

ロナがふむ、とうなずいた。

「どうした？」

「魔槍は名の通り魔道具だが、正確にはアーティファクトだ。戦女神が贈ったとされるこれらの武具は、魔力に対しての攻撃力や防御力が非常に高い。魔魚もある程度、魔力に対する護りを鱗に持っているがそれをたやすく貫く」

「アーティファクトだったのか、アレ」

アーティファクトと言えば、神魔戦争時代の骨とう品なんてイメージもあったが、オレはごく最近、認識を改めている。

姫騎士さんの剣、切れ味すごかったからな。

「魔力爆弾とやらが魔力によって衝撃を与えるものであれば、魔槍も魔魚も自身の魔力でそれを相殺防御したと思う。その差があれだよ」

無傷の魔槍と、体を半分吹き飛ばされた魔魚。

魔魚の鱗がどの程度の魔力防御を持っていたかはわからないが、あの狂気じみたエリー先生謹製の魔力爆弾に耐えうるほどではなかったというわけだ。

「むしろ魔槍が刺さっていたからこそ、魔魚の上半身が残っているのかもしれん。皮肉にも自分を貫く魔槍に守られたわけだ」

「なるほど、色々と納得した。よし。さっそく鎖で引っ張って回収するか？　死んだ魚は噛みついてこないだろ」

オレは手首にはめたまま、魔力が通っていないため、まだ柔らかい腕輪をつまんでぴよんぴよんと引っ張りながらロナに見せる。

「いや、生きている」

「は？」

ロナが断言した。

「ああやって横腹を見せているのは擬死だ。最後の最期、油断して近寄ってきた獲物に食らいつかんと狙っている状態だな」

体の半分を失って、なお生きている？

疑うオレに対して、ロナは魔魚から目を離すことなくうなずいた。

「マジか。ああ、いや、その顔はマジだな。ならトドメを刺すか？」

「いや、このまま様子を見る」

「瀕死の獲物を前に舌なめずりか？　ははん、それは」

三流だろ、とカッコよく決めようとしたのだが。

「オーガ殿。死に際の窮鼠に手を出すのは三流だぞ。ここは陸ではない。海であれば私のやり方に従って欲しい」

「むぅん」

「しばらくすれば腹を上に向ける。そうなれば完全に息絶えた状態だ。回収するのはそれからでいい。あえて虎の尾を踏むのが、賢い陸のやり方というわけでもないだろう？」

ぐうの音も出ないので、オレは素直に引き下がる。

「だが魔槍が残っていたのは望外だ。近づかなくてもけん引できる。どうせなら島の近くまで引っ張ってしまおう。オーガ殿、いけるか？」

「おう。さっきも言ったが、魔力なら余裕がある」

オレは再びロナの肩に左手を乗せ、右手をかかげて腕輪に魔力を流し込む。

蒼い粒が魔槍まで伸びていき、一拍おいて蒼い鎖となった。

同時に魔槍から返し刃が現れ、血が飛び散り、半分となった魔魚の体に振動が走る。

しかし今までのように、魔魚が苦しんで暴れる素振りはない。

トドメとなったかと思ったが、腹が上を向いていない以上、まだ死んでいないんだろう。

これを繰り返せばトドメになるんじゃないかと思ったが、そのたびに魔魚から肉片が飛び散ることになる。

せっかく半分も残っていたのに、ロナもこれ以上獲物を小さくはしたくないだろうからな。

「よし、凱旋だ」

「おうよ。お疲れさんだったな」

「狩りというのは、獲物を持ち帰るまでが狩りだぞ、オーガ殿」

小言が飛んでくるものの、ロナの口調は明るい。

魔魚には泳ぐための尾ビレすらない。

こちらが不用意に近づかない限り、逆撃を食らう事はありえない。

事実、けん引され始めても、魔魚は微動だにする事なく、リーデルの待つ島まで引っ張ってこられた。

「リーデル、ただいまー」

不安そうに海辺で待っていたリーデルだったが、早くも戻ってきたオレたちの姿を見て安堵していた。

そして。

「……あれが魔魚、ですか？　あの爆発でよく体が残っていましたね？」

同感だ。

「魔槍のおかげらしい。しかもアレ、まだ死んでないらしいんだよ」

「え？　……えっ？」

半分になっている魔魚に視線を戻して驚くリーデル。そりゃ驚くよね。

海からあがりつつ、リーデルに説明する。

「そんなわけで魔魚が完全にくたばるまで、舌なめずりの時間だ。腹が上に向いたら岸に引き上げる」

腕輪から魔魚に伸びる鎖を見せつつ、オレはヤシの木の下に置いたままのビーチチェアに座り込んだ。

リーデルは海からあがったばかりのロナにパレオを渡した後、オレの横に立ちホッとした顔を見せた。

「ともかく、これで無事、終わったという事ですね？」

「ああ。色々大変だったが、今回もありがとな」

「いいえ。お疲れでしょう。何かお持ちしましょうか？」

「ん、頼むー」

ロナもまたパレオを巻きながら、右隣のビーチチェアに腰かける。

「リーデル殿、私にも頼む」

「はい。アイスカフェオレでよろしいですか？」

「甘めで頼む。勝利の乾杯だから、とびっきり甘くお願いしたい」

「ふふ、かしこまりました」

そうしてリーデルが淹れてくれたカフェオレを手に、三人してビーチチェアに寝っ転がる。

ヤシの木の下、たまに潮風がオレたちの体を撫でていく。

やや遠目ながらも、プカプカと浮いている魔魚に動きはない。

いや、心なしか腹がだんだんと上に向いていているような気はする。

「ロナ？」

オレは右隣のビーチチェアに深く腰掛け、足を組んでいるロナを見る。

「まだだ」

厳しい海の民が三杯目のカフェオレを傾けながら、首を横に振った。

狩猟民族というのは用心深いもんだな。

オレは用心しすぎでは？　と思うものの、最悪でも時間を無駄にするだけだ。

そして時間に余裕がある今、それをデメリットと数えるほどでもない。

それよりもちょっと気にかかる事が一つ。

「なぁ、リーデル」

「はい」

左隣でお行儀よく座っているリーデルに声をかける。

「なんか海辺に色々と打ちあがってない？」

時折大きな波が岸まで届いているせいか、チラホラと色んなものが流れ着いているようだった。

「あ、はい。私が留守を預かっている間、潮の流れが変わったのか急に色々と流れてきまして。何点か確認したところ、材木の破片のようでした」

「材木？　……ああ、もしかして」

「はい。多分、クラーケンに襲われていた船の破片かと」

確かにあんなデカい足が船にのっかるだけでも、あちこち壊れたりするだろう。

潮の流れが変わって、流れ着いてきた、という事か。

「ま、それなら危険もないか。人間が流れてきたとかないよな？」

「いいえ。それはなかったかと」

ますます安心。

後はロナに報酬をもらって帰るだけなんだ。

これ以上、トラブルのおかわりはゴメンだ。

岸に浮かんでいるシャーリーンを見る。

片腕を失い、スク竜機構も損傷。

浸水していたクラック部分には応急処置をして、かろうじて浮くようにしてあるが、いつまた沈むかわからん。

他にも修理が必要な個所があるだろうし、オレひとりでは手に負えない。

帰ったらまた師匠のお世話になるしかないな。

ロナが提示していた報酬は今回の返済必要額の倍はあるものだったが、シャーリーンにかかる修理費を考えればさほど余らないだろう。頭が痛い。

そんなことを考えながら、岸に流れ着いた漂流物をボーっと眺める。

ふと思いつく。

「なー、リーデル。なんか金目のもんとか流れてこなかった？」

「坊ちゃん、さすがにそれ外聞が悪いですよ。仮にも貴族のご子息なのですから」

「その貴族本人のせいでこんな目にあってんだけどな」

そうしてどれほどの時間が経った事か。

腕の鎖の先にある魔魚は、ほぼ腹を真上に浮かせている。

「ロナ？」

「……」

少し考えて首を横に振った。まだダメらしい。

その様子からオレが強行しても反対はしなさそうだが、ここは雇用主であるロナの意見を尊重する。

報酬にケチがつくかもしれんからな。

契約の上下関係というのはとても大切だ。

というわけで、昼下がりの優雅なお茶の時間はもう少し延長と決めたところで。

「ん？」

ひときわ大きな漂流物が、海の向こうから流れてきているのが見えた。

オレたちの位置から見て、ちょうど魔魚を挟んだ向こう側から流れて来た。

19 言葉はなくとも通じ合う。それは愛か、それは友情か、もしくは殺意か（魔魚ハンティング　三日目・昼）

「なんだありゃ？」

オレは立ち上がり目を凝らす。

船の破片にしては、波にゆられているカンジがどうにも柔らかい。

泳いでいるというふうでもないが、動いているようでもある。

リーデルも立ち上がり、オレと同じ方向に目をやった。

「どれですか？」

オレの胸の前に立って、そのままオレの視線の先を追うリーデル。

「何か浮かんでいますね……なんでしょうか？」

かなり距離もあってか、リーデルにもわからないようだ。

「ふたりともどうした？」

ロナも五杯目のカフェオレを飲み干したところで、何事かと立ち上がった。

「何やら、よくわからんモノが流れて来てる。微妙に動いてるっぽいが、海にはあんな生き物がいるのか？」

「ふむ。ふむ？」

オレと肩をならべて、ロナも謎の物体へと視線を向ける。

「魚ではないな。だが海蛇というには太すぎるし、大きすぎる」

「見たカンジ、オレらと同じくらいはあるんじゃないか？」

「そうだな、あにいく私には、そんな生き物に心当たりはない。だがあの形状、どこかで見た事があるような、聞いた事があるような……ううむ？」

ロナはしきりに首をひねっている。

しばらくそのまま三人並んでジッと見ていたが、やっぱりよくわからない。

とは言え、アレにも羽根が生えて、オレたちに襲い掛かってくるわけでもないだろう。

「ほっとくか」

「そうですね」

「うーむ、なんだったか……？」

オレたちがビーチチェアに戻った頃、波に乗ったそれが魔魚に近づいていく。

ロナが用心していた通りであれば、最期の一噛みでアレに食いつくわけだ。

逆にアレに反応しなければ、完全に息の音が止まったという証拠にもなる。

最後のあがき、せめて見守ってやろう。

オレはカッコつけて、半分ほどになっていたカフェオレのグラスを高くかかげる。

死闘を演じた好敵手への手向《たむ》けだ。

今のオレ、ちょっとカッコよくない？

「おかわりですか？　坊ちゃん」

「え？　……あ、うん」

よく気が付くメイドさんのせいで台無しだ。

「オーガ殿！」

「うお、なんだ？」

突如、隣でロナが飛び跳ねた。

「アレはもしや……クラーケンの足ではないか？　私がここに来る前にそのような事を言っていたと思うが？」

「は？　……ああ、言われてみれば確かに」

船を襲ったクラーケンが、その足を吹き飛ばされたという話をした覚えがある。

「オーガ殿、鎖を！　すぐに引き上げるぞ！」

「は？　なんだなんだ、そんなに慌てて」

態度を急変させて、オレを急かすロナ。

「わからんか⁉　クラーケンの足はまだ動いていた。つまりアレにはクラーケンの魔力が残っているはずだ。そして魔魚がそれを食らえば……魔力を取り戻した上に、クラーケンの力を得る！」

「……げ」

一瞬で理解した。

血の気が引いた。

海鳥を食って羽根を生やしたという魔魚。

であれば、タコの化け物の肉を魔魚が食ったらどうなる？

タコと魔魚の力が合わさって、最凶の化け物が出来上がる。

「くそっ！」

オレはビーチチェアから跳ね起き、海辺へ走りながらも、鎖を腕にまきつけるようにしてたぐっていく。

なんとか鎖が張り詰めるほどまでたぐり寄せたものの、魔魚の体を引き寄せるには時間が足りなかった。

「あ」

最期の力を振り絞った魔魚が、クラーケンの足へ食らいついた。

胃も失っているだろうに、体のどこに入っていくのか。

盛大な波しぶきをあげながら、魔魚はクラーケンの足をむさぼる。

みるみるうちに魔魚の体が変化していく。

膨らむように大きくなっていき、沈みかけていた魔魚の体が不自然な形で海面へ浮き上がった。

「げ」

失ったはずの下半身。

そこには魔力で編まれた、蒼い足が何本も生えていた。

上半分は魚、下半分はタコ。

死にかけていた魔魚は、今やその足を海面に咲く花のように広げ、浮かぶように泳いでいた。

巨大化した自身を波に漂わせながら、らんらんと輝くまんまるの目で周囲を見回している。

さまよっていた視線がピタリと止まった。

今も魔力の鎖でつながっているオレを見つけたのだ。

距離はあるものの、オレとヤツの視線がかみ合った事がわかる。

「……」

「……」

目と目で通じ合う。

目は口ほどにものを語るとはよく言ったものだ。

その心、恨み骨髄。ヒシヒシと伝わってくる。

オレは再び走り出す。

もちろん、島の内側に向かってだ！

オレの走り出した姿に反応して、魔魚が触手をうねらせながらこちらへと泳ぎ始めた！

「やばい、やばい、やばいッ！」

「オーガ殿、こちらへ来るな！」

「坊ちゃん、逃げてください！　ここは私が！」

ロナはオレに死ねと言うし、リーデルは自分が盾になろうとする！

どっちも却下だ、バカタレども！

何かないか？　何か手段は!?

考えろ、考えろ、何かあるだろ!?

オレは必死に考え、必死に周囲を見まわし、また必死に考える。

ビーチチェアに木陰を作る、巨大なヤシの木が目に入った。

命がけのアイデアが閃いた。

「いけるか？」

振り返れば、足をうごめかせて海上を爆走してくる、もはや魚ではなくなった、元魚っぽい化け物の成れの果て。

「リーデル、こっちに来るな！　ロナ、リーデルを捕まえて離れろ！」

「承知！　リーデル殿、こちらへ！」

「坊ちゃん!?　あ、ロナ様、放して！」

オレの方に駆け寄ろうとしていたリーデルを羽交い絞めにして、離れていくロナ。

一方、オレは岸にたどり着いた魔魚を見る。

もしかして陸には上がってこれないかも？　という期待はあっけなく裏切られた。

触手で砂の上を器用に歩き始めている。

「くそ、いいぞ、来やがれ、コッチだ！」

万一にもリーデルの方へ注意がいかないように、大声で叫んで魔魚の気を引く。

だが、その必要もなかったというぐらい一直線にオレの方に迫ってくる化け物。

そりゃあ、背中に刺さっている槍と鎖の持ち主が憎いに決まってるよな。

「足は遅いか。これならうまくいくかも」

ビジュアルは変わったが、やはり海の生き物。

単純な陸上移動のスピードでは、こっちに分がありそうだ。

オレはヤシの木まで全力で走る。

そして置きっぱなしのテーブルやビーチチェアを。

「どっせい！」

邪魔にならないように遠くへ放り投げた。

戦場のできあがりだ。

自分の背中に生えている槍から伸びた鎖をたどるように、まっすぐにこちらへ向かってくる魔魚。

ニュルニュルと移動する様子に見覚えがあると思ったら、なんてことはない、ウチの目玉ちゃんたちと同じだ。

あの子らも地面を触手で移動する時は鈍足だからな。

「さて……」

オレは距離があるうちに腕輪への魔力供給を止める。こうしないと腕から抜けん。

だが魔力供給がされなくなっても、三十秒の間は鎖が保持されることはわかっている。

「リーデル！」

「は、はい！」

離れたところで、ロナに羽交い絞めにされているリーデルが大声で返事をする。

「ダンジョンコアと貴重品を回収してこい！　この島からトンズラするぞ！」

魔力抽出ができなくなった時点で、いつでも持ち出せるようコアは格納済みだし、貴重品も一緒のバッグにしまってあると聞いている。

アイちゃんたちも魔力節約のため、とっくに送還済みだし、もはやこの島がどうなろうと問題ない。

持ち出しようのない洞窟内にある家具や道具は、またしてもオジャンだが仕方ない。

「え？　ですが、坊ちゃんは⁉」

リーデルの視線が、オレを目指してウネウネと迫っている魔魚に向いている。

オレはそれにかまわずロナにも声をかける。

「ロナ！　コアを回収したリーデルと一緒にシャーリーンが浮いてる所で待機していろ！」

「ふむ？　詳しい説明を求めたいがオーガ殿は忙しそうだ。信じよう」

ロナがリーデルを促すようにしてダンジョンに向かう。

リーデルは最後までオレを見て何か言いかけていたが、まずはオレに言われたことを果たそうと考えたのか、ダンジョンの中へと駆け込んだ。

20　最終決戦！　七色の爆発とピンク色！（魔魚ハンティング　三日目・昼）

よし、後はオレがなんとかするだけだ。

砂浜での持久走。

明日は筋肉痛だろうが、そんな痛みもここを生き延びてこそだからな。

「さて、最終ラウンドといこうか、タコ野郎！」

魔魚はすぐそばまで迫っていた。

怒りで濁った目玉が、オレを捉《とら》えたまま離さない。

オレは距離をとるべく、走り出す。

魔魚もそんなオレを追いかける。

どこへ向かって走っているかだって？

どこでもない。あえて言うなら勝利に向かってかな？

などと考えていたら、背後から鋭い風切り音が届く。

とっさに体をひるがえすと、今まで立っていた場所の砂が弾ける。

「うお、あぶな！」

十分な距離をとっていたと思っていたが、背後から触手を伸ばしてオレを捕らえようとしてきた。

慌てて走る速度をあげてオレは走る。走り続ける。そう、ヤシの木の周りを！

魔魚は、つかず離れずの距離にいるオレに、しっかりとついてきている。

ダンションの方を見れば、リーデルが背中にピンクのリュックを背負って出てきたところだ。

アレにダンションコアと貴重品が入っているんだろう。

ふたりは、ヤシの木の周りを懸命に走るオレの姿を見てわずかに立ち止まった後、海辺に浮かぶシャーリヘーンの方へと向かう。

一瞬の事だったが、ふたりの『え？』という表情を見逃さなかった。これが凡人と天才の差か。

戦いのセンスが溢れて困るなんて、ちょっと人には言えない悩みだな？

シャーリーンの方へ走っていくふたりの後ろ姿に、気を取られた魔魚が足を止めている。

タイミングよく腕輪の硬化が解けて柔らかくなった。

魔力鎖も解ける！　ここからはスピード勝負だ！

「オーガ殿!?」

「坊ちゃん!?」

鎖の拘束が無くなった魔魚が、自分たちに向かい始めて焦るふたり。

オレはそれ以上に焦っているが、失敗はできない。

素早く腕輪を外し、その状態で腕輪に魔力を流し込む。

魔力鎖が生まれ、魔魚を再び拘束。

リーデルとロナに向かっていた足が止まる。

小さいままの状態で硬化した腕輪を持ち、オレは伸びた鎖をヤシの木に外れないように絡める。

その際、腕輪の部分から伸びる鎖は余分をとっておき、木から少し離れた砂浜に腕輪を転がしておいた。これで準備完了だ。

束縛されつつも、リーデルとロナに迫ろうと蠢いていた化けタコに向かって、足元に転がっていたヤシの実をひろってぶん投げる。

ちょうど魔魚の後頭部(?)あたりに命中し、真ん丸目玉の視線がオレに戻ってきた。

「おら、続きだ、人食い魚!」

追いかけっこが再開される。

二本足で走るオレと、八本くらいの足で追いかける魔魚。

いくらオレの足が長いとは言え、残念、かけっこは得意じゃない。

筋力と耐久値に全振りしたような種族《オーガ》に、瞬発力や持久力を求めるのは酷というもの。

「ひいっ、ひいっ、はふっ!」

息もあがってきたが、必死で足を動かす。

一方で魔魚の方も足が生えたとは言え、やはり水棲生物だ。

よったよったと重心を揺らしながら、オレを追いかけてきている。

よくよく考えると、触手っぽい足で立ち上がって移動しているというのはスゴいな。

アイちゃんたちと違って、もともとそういう生物ではないだけに、色々と不都合な部分もあるんだろうにナイスガッツだ。

などと、褒める気にはならん。そんなのオレの知ったこっちゃない。

今やるべきは、コイツをココで仕留める事だけだ。

このままふたりと一緒に逃げ出す事も考えたが、それだとロナからの報酬を受け取れない。

それに海に逃げたとしても、シャーリーンが不動状態ではロナ頼りになってしまう。

さすがにオレとリーデルのお守《も》りをして、この化け魚から延々と逃げられるとは思えない。

やはりいつかどこかで決着はつけなきゃならんし、それは今だ。

それに……ロナの母親の命もかかってる。

オレもリーデルも、母というものを知らない。

最初、ロナが母親を助ける為だと頼み事をしてきた時、オレとリーデルが報酬の事ばかり話をしていたのは、ロナに対してどう反応すればいいか、わからなかったからだ。

ロナの母親の病気を心配するべきか？　ロナを慰めるべきか？　それすらもわからず、つい黙り込んでしまった。

だからあの時、オレは誤魔化すように、軽口をたたくしかできなかった。

けれど、オレたちがロナの力になれるなら、そうしたい。

オレもリーデルも、言葉にはしなかったが、そう思ったのは間違いないんだ。

だから。

「ふうっ、はあっ！　ぜぇ、はっ！」

気合だ！　気合で走り続ける！

だが、砂浜で走り続けるというのは相当に大変だ。

上げているはずの足が上がっておらず、何度も砂に足をとられそうになる。

「坊ちゃん！」

転びそうになるたび、シャーリーンの所でオレを見守っているリーデルから悲鳴が届く。

「リーデル殿、ここはこらえる時だぞ。オーガ殿の考え、すでに理解しているだろう？」

オレがバランスを崩すと、駆け寄ってこようとするので、ロナが羽交い絞めにしたままだ。

ロナはさすがに戦闘民族だけあって、オレの健闘を眺めているうちに、この天才の策に気づいたらしい。

「ぜえっ、ぜえっ……」

木を周り、目が回り、もつれかける足。

それでも、気合を入れて走り続る。

「もう、ダメだ……足が動かん。だが」

ついにオレは立ち止まり、背後を見る。

「へっ、戦いは頭でするもんさ」

そこにはみずからヤシの木に何重も鎖を巻き付け、ついには身動きのできなくなった魔魚の姿がある。

ヤシの木に縫い付けられたような恰好で、何度もオレに向かって足を振るうが、自分の足元の砂を叩いて巻き上げるだけだ。

「さて、鎖が消えないうちにもう一度、魔力補充だ」

オレは疲労でプルプルと震える足をなんとか動かし、ヤシの木を揺らしながら暴れる魔魚をうまく避けながら、転がっている腕輪の魔石に触れて魔力を流し込む。

このために腕輪だけは木から少し離しておいたのだ。

これであと三十秒は魔力鎖が保持される。

ふたりが待つシャーリーンの所まで、最後のダッシュをする。

「坊ちゃん！　あんな危ない事をして！」

「話は後だ。三つ目の爆弾を用意してくれ」

「え？」

「魔力切れで鎖が消える前に決着をつけないと、えんえんと追ってこられるぞ」

ハッとした顔になったリーデルが、シャーリーンに積んだままだった三つ目の爆弾を取り出して起動準備を始めた。

ロナにも確認する。

「ロナ。爆弾を点火したら、オレとリーデルを連れて全力でここから離れてくれ。頼めるか？」

そう、オレとリーデルだけだ。

「ふたりだけを？　このゴーレムは良いのか？」

「ああ、オレたちだけだ」

シャーリーンを置いて行くことに未練がないわけじゃない。

しかしこの重量物までとなれば、ロナの泳ぐスピードが鈍る事は間違いない。

それが原因で、リーデルの身に万一の事があれば、オレは絶対に自分を許さない。

それにボディが破損しても、ゴーレムコアさえ無事であればシャーリーンは何度でも蘇る。

コアを守る殻は師匠謹製だ。

エリー先生の爆弾といえど、きっと耐えぬく、そう確信している。

馬鹿げた威力の爆弾だが、それでも試験用だ。

師匠が傑作と呼ぶシャーリーンの殻が破壊されるはずがない。

いや、エリー先生が本気で作った爆弾でも、きっと耐えるだろう。

だからきっと大丈夫だ。

「物事には優先順位がある。それにシャーリーンなら耐えられる」

「そんな顔で言われても説得力がないぞ。そこは頼ってくれねばな。人魚の沽券にかかわる」

オレが無理やり浮かべた笑いを、ロナが豪快な笑いで返した。

「いけるのか？」

「起爆するまでの時間だけだろう？　後の事を考えなければ、それくらいやってのける」

「……頼む」

「ただし全速力だ。さっきよりも速いぞ。振り落とされるなよ？」

「ならシャーリーンを曳いてくれ。オレがそこにつかまりながらリーデルを抱える」

最後の爆弾を用意しおえたリーデルが驚いた声をあげる。

「え？　わ、私を抱える？　坊ちゃんが？」

イヤかもしれんが、ここは譲れない。

「リーデル、悪いが我慢してくれ。ロナの全力は相当に速い。お前の細腕でがんばっても、きっと振りほどかれる」

「それが良いだろう。大人しくオーガ殿の胸の中にいてくれ」

リーデルがオレとロナを交互に見た後。

「わ、わかりました。それでは仕方ありません。坊ちゃん、よ、よろしくお願いいたします」

「よし。なら、行くぞ。準備いいか？」

オレはヤシの木の下でもがく魔魚を見る。

蒼く発光している鎖が薄くなっている気がする。

爆弾は点火から起爆まで三十秒だが、鎖の方は残り二十秒もあるか？

「リーデル、点火しろ！　推進剤はいらないからな！」

「は、はい」

ピンを抜いた爆弾をリーデルから受け取り。

「あばよ、化けモン！」

オレはそれをヤシの木に向かって投げつける。

魔魚の足元まで転がっていくそれを最後まで身届ける事なく、オレは海の中へ駆け込み、シャーリーンにガッシリと捕まる。

「リーデル、来い！」

「は、はい」

逆の手をリーデルに差し出し、海の中へ飛び込んできたリーデルの細い腰をぐっと引き寄せる。

「あっ」

「すこしの辛抱だからな。我慢してくれ」

「は、はい……っ」

腕から伝わる柔らかい肌の感触を、全力で意識の外に放り出す。

「いいぞ！　ロナ、頼む！」

ちらりと見たロナの全身に、蒼い魔法紋が波打っていた。

ロナは返事代わりに、ニヤリと笑った。

「うおっ！」

ぐんっ、と意識ごと体が前へ持っていかれる。

半身を海の中に沈めたロナは、海中で大きな尾ビレを躍動させ、みるみるうちに島から離れていく。

本気の本気とはこれほどか。水圧で体がきしむほどの速力だ。

起爆まであと二十五秒。

鎖はそろそろ消えてしまうが、魔魚のヨチヨチ歩きなら、ヤシの木の位置から海にたどり着く事も難しいはず。

二つ目の爆弾ですら、あの威力だった。

であれば、さらに威力が高い〈強火〉の魔力爆弾を至近距離で喰らって、耐えられるはずがない。

とっさに考えついたこの作戦の問題は、オレたちが安全圏までたどり着けるかだったが、今のロナのスピードは本当に尋常じゃない。

島がどんどん小さくなっていく。

最後の爆弾がどれほどであっても、これならよほどのトラブルでもない限り大丈夫だ。

「ぼ、ぼっちゃ、坊ちゃん！　あの！　その！」

「暴れるな、マジで危ないぞ！」

オレの腕の中でリーデルが急にモゾモゾとし始めた。

さすがに今は余裕がない。

腰を強く抱え込むようにして動けなくして、リーデルを注意しようと目を向けると。

「は？」

「あうぅ……」

リーデルが両手で胸を隠していた。

オレたちが通り過ぎた航跡を見れば、後方でヒラヒラと舞うピンクのビキニさん。

――トラブルである。

「い、いや！　見ないでっ！」

ポロリしやがったッ!!

「ま、待て、暴れるな、今はマジでヤバい！」

しかし不幸というものは、さらになる不幸を呼び込む。

「あっ！」

暴れていたリーデルが叫んだと思ったら、ピタッと動きを止めた。

「ど、どうした!?」

「……」

リーデルの顔色が一瞬で真っ赤になった。

両手で隠していた胸から、片手だけを下へとやる。

やめろ、こぼれる、見える見える！　なんでそんな事!?

いや――まさか。

再びオレが後方を見ると。

二つ目のピンク色が空を舞っていた。

「うう！　ううううっ！」

下も脱げやがった！

「やべぇ、大惨事だッ！」

あんな紐みたいな水着なんて着てるからだ！

水着越しでさえ、あっちこっちに当たって大変だったのに！

それでも意識しないようにがんばってたのに！

「ううう、うううううっっ！」

リーデルが顔を真っ赤にしたまま、オレの腕の中でもがく。

腕の中でつぶれて形を変える柔らかさに、オレの精神が耐えきれず、つい力を緩めてしまった。

「あ」

「あ」

呆気ないほどリーデルの体は、オレの胸の中から滑って海へと投げ出され……って、させるかよ！

「リーデル、手ぇ出せぇ！」

シャーリーンを足場にして、思い切り後方へ跳び、宙に舞ったリーデルへ手を伸ばす。

とっさに手を伸ばしたリーデルの細い腕を、なんとかつかむ。

同時にリーデルの肩越しに見えた後方の島から、光が広がった。

……え、なに、あの七色の光？

あんなの、見た事ないんですけど？

「くそ、絶対にヤバい！」

オレはリーデルの腕をさらに引っ張り、胸の中に固く抱き込む。

そして体勢を変えて、絶対にろくでもない事が起こるだろう、虹色の光からリーデルをかばうように背を向けた。

オーガの筋肉の厚さは伊達じゃない！　と思いたい！

「ぼ、坊ちゃん!?」

「水を飲みたくなきゃ、口を閉じてろッ！」

キンッという甲高い音が、耳を突いたと思った瞬間。

オレは凶暴な衝撃破を、背中からモロに食らった。

「ぐはっ！」

またも盛大に吹き飛ぶオレの巨体。

「ぐおおおっ！」

息が止まり、背骨がきしむ。
真横に吹き飛ぶ感覚というのを、生まれて初めて体験した。
「きゃあああああ！」
オレの胸の中で悲鳴をあげるリーデルを、しっかりと抱きしめる。
まるで球のように海面に弾かれ、勢いよく転がっていくオレ。
「ぐっ、おっ、む、うごっ！」
あれだけ距離があってこの威力！
魔結晶、どんだけ大判振舞いしたらこんな爆弾になるんだ!?
っていうか、これ、一発、いくらするんだよ!?
何度も何度も、頭部を海面に叩きつけられる。
それでも腕の力だけは抜かず、リーデルの小さな体を必死に抱きしめ続けた。
「坊ちゃん！　坊ちゃ――」
胸の中で叫ぶリーデルの声が遠くなっていく。
意識が朦朧としていく中。
爆弾の費用、カッコつけずゴチになっとけば良かった、な……と。
エリー先生に返済額をたずねるのを恐怖しつつ、オレは気を失った。

二度目の爆発より時間をおいて、三度目の光が海上に柱となって立ち上がった。

明らかに爆発の威力のケタが違う。

爆発が小指の先ほどにしか見えない距離。

だというのに、見えない津波のようになった魔力の残滓がここまで届き、私の体を突き抜けていったのだ。

ああいった魔力を伴った衝撃は、物理的な防御だけでは防げない。

相応の耐魔力装備、もしくは私のように魔力を多く持った者でなければ、跡形もなく吹き飛ばされる。

「何があったかは知らんが、頼りの人魚の無事を祈るしかないな」

だが、朗報もある。

その三度目の光の後、よくよく目を凝らせば、陸地……いや、島のようなものがわずかに見えた。

これでもう、自分が進む方向が正しいのか、それとも間違っているのか？　と、疑心に捕われ、歩みが遅くなることはなくなった。

「私には、まだまだやるべき事がある。民の暮らしをおびやかす害獣共の討伐。憎きサキュバスへの仕返し。奪われた剣も取り戻す。そして……私に剣を教えてくれた伯母上、いや、師匠の仇の魔人を見つけるまでは死ねんのだ」

生きて国に帰れるかの瀬戸際。

私は胸に抱えている夢と希望と恩讐を糧に、止めていた足を再び前へ前へと突き出した。

さらに幸運なことに、その日の夕方から大雨が降り続け、私はノドの渇きを潤す事ができた。

正直、この恵みの雨がなければヤバかっただろう。

私の足は活力を取り戻し、島の影へと突き進む。

21　戦い終わって。気づかぬ婚約、思わぬ再会、ようやく凱旋（魔魚ハンティング　三日目・昼過ぎ）

「……うーん」

柔らかい何かに揺られるような感覚の中で、オレは目を覚ました。

「坊ちゃん、気が付きましたか!?」

「んお？　リーデル？」

眼前にはオレを見下ろすリーデルの顔があった。

どうやら膝枕されているようだが、どういう状況だ？

「起きたか、オーガ殿」

ロナの声も近くから聞こえる。

「ここは？　あれからどれくらい経って、何がどうなった？」

自身の状況をつかむべくロナを見る。

胸元までが白くなった髪をかき上げながら、ロナが教えてくれた。

「リーデル殿をかばったオーガ殿が海の上を勢いよく転がっていってな？　それを水中から追いかけた私が、気絶していたオーガ殿を回収してしばらく経ったところだ。私は人が真横に飛ぶところを初めて見たよ。しかし気絶してなおリーデル殿を放さないのは見事だ。さすがだな、我が戦友」

「ああ、それで……」

オレは心配そうな顔のリーデルにひざまくらされて、シャーリーンの上に寝転んでいるわけか。

「ありがとな、リーデル。もう大丈夫だ」

オレはリーデルのひざから起き上がる。

良かった。ちゃんと水着はつけている。ロナに回収してもらったか。

「ロナ、島に戻れるか？」

ロナに支えられてギリギリ浮いているというか、なかば沈みかけのシャーリーンの上から海を見渡す。

「うむ。すぐに戻るか？」

「その方がいいだろ？　万が一、本っ当に万が一、あの化け魚が生きていて、またクラーケンの足でも流れてきたら、完全に打つ手がない」

ありえないが。絶対にありえないが、この目で魔魚を仕留めたと確認しないと、落ち着かない。

どのみちロナだって、魔魚の破片や魔槍を回収する必要がある。

もっとも、今回のあの爆発で欠片でも残っていればたいしたものだが。

シャーリーンに乗ったまま、ロナに曳いてもらって島に戻ると。

「おお、すげーな……」

〝砂浜があったはず〟の場所にたどりついたオレは、数日間過ごした島が一瞬にして形状を変えた事に驚き、まぁ、あの爆発ならさもありなんと納得もした。

魔魚を拘束していたヤシの木があった周辺には、何も無くなっていた。

代わりにデカい穴が開いていて、すでに海水が流れ込んでいる。

「さすがにこれは……何も残っていないのでは？」

リーデルがつぶやく。

あきらめつつも周囲の海面を見回すオレたち。

「ん？」

入り江となった部分の真ん中あたりに、浮かんでいるものを見つけた。

「坊ちゃん、あれは？」

リーデルもオレと同じものを見つけたようだ。

「ロナ、行けるか？」

「うむ、見に行こう」

ロナの曳くシャーリーンに乗ったまま揺られて、漂流物のある場所まで行くと。

「すげーな、アーティファクト」

「傷もついていないようですね」

魔槍だった。

それが魔魚の肉塊に刺さったまま浮かんでいたのだ。

そう、肉塊だ。

あれだけデカかった魔魚は、オレの拳より一回り大きい程度の塊となり果てていた。

「穂先が刺さっていた部分だけは、魔槍のおかげで蒸発しなかったか」

「魔槍が戻ってきたのは望外の結果だ。正直あきらめていた」

「あんな爆発の中心地だったからな」

魔力耐性を誇るアーティファクトは伊達じゃないか。

ロナの群れが代々受け継ぐ宝なだけある。

「薬とするにはその肉塊で十分だが、他にもあれば、それはそれでありがたい」

「そっか、なら一応、なんか探すか。リーデルは……泳げないし。岸に上がって、そっちになんか飛んでいってないか探してくれ」

「お、お役に立てず……」

ロナがシャーリーンに乗ったままのリーデルを、えぐれて形の変わった島の海岸へと運ぶ。

オレは何か海面に浮かんでいないかと目を細める。

戻ってきたロナは、海中や海底を探し始めた。

そうして日も暮れようかという時間。

「案外、見つかるもんだな」

海が茜色に染まり始めた頃、リーデルの待つ岸に戻ったオレとロナは、それぞれが見つけた魔魚の欠片を白浜に並べて確認する。

あのデカい口に並んでいた無数の鋭い歯が何本か。

加えて、背ビレらしきものや鱗も何点か見つかった。

そのすべてが普通の魚とは違って大きなもので、いかに巨大な獲物だったかというのは推測できる。

肉片はナマモノだが、牙や鱗、ヒレなんかは煎じて保存がきくから、他の人魚が同様の病にかかっても、すぐに対処できるとロナは喜んでいた。

「リーデル殿、すまないな。少しの間だけお借りする」

リーデルがダンジョンコアをしまっていたピンクのリュックは今、ロナの手にあった。

ダンジョンコアを設置していた洞窟の中にあった荷物もキレーに吹き飛んだせいで、ロナが回収物を持ち帰る為の入れ物がこれしかないからだ。

「ふむ、これだけあれば十分だ」

リュックの口を開き、並べていた魔魚の鱗や肉片を次々にポンポン放り込んでいく。

毛布にくるんだダンジョンコアを大事に抱えたまま見ていたリーデルが、実にイヤそうな顔をしている。

洗っても生臭いのは取れんだろうからなぁ。

「オーガ殿。私はこれを早速持ち帰り、約束した報酬を持ってすぐに戻ってくる。今からであれば……そうだな、三日後の同じ頃には戻ってこられるがここで待つか？　それともふたりを別の島に運んだ方がいいか？」

「あー、そうだな……」

確かにここには何もない。

ダンジョンに運び込んでいた生活用品も、洞窟ごと跡形もなく吹き飛んだ。

だが帰りの飛竜を手配するための連絡手段として、ダンジョンコアを再設置する必要もあるし、ロナが戻る三日後までは、どこかの島に滞在しなきゃならんが、別の島に行っても、何もないのは同じことだ。

雨風をしのげる程度の洞窟なら、この島の他の場所にもあったはずだし、数日なら食い物には困らない。

海を見れば、さっきの爆発でたくさんの魚が腹を向けて浮かび上がっているからな。

シャーリーンにはサバイバルキットが積んであるし、それを使えば火をおこしたり調理したりはできるだろう。リーデルならな。オレには無理だが。

「帰りの手はずも整えなきゃならんし、この島で待つとするさ。だがなるべく早く帰ってきてくれ。オレはともかく、リーデルもいるからな」

寝具もない生活は、女の子には厳しいだろう。

明日にはコアルームが展開できるから以降の夜風はしのげるが、寝具がないのは変わらないし、特に今夜は完全な野宿だ。

「うむ、承知した。ではしばしの別れだ。その間、魔槍を預かっていてくれ。万一、私が戻ってこなかった場合は、コレを報酬変わりとして欲しい」

ロナが魔槍をオレに投げ渡す。

オレはそれを慌てて受け止める。おいおい、大事なもんだろうが。

ロナは魔槍を手放した手を軽く振って、二本足のまま海へとかけていく。

巻いていたパレオが舞ったと思ったら、すでに足は尾ビレとなっており、海に入るとそのまま潜って去って行った。

「……さて、リーデル」

「はい」

「すぐにダンジョンコアを設置して、コアトークが使えるようになったら、帰りの飛竜を手配してくれ。さしあたって食い物の量には困らんだろうけど、オレの胃袋が粗食に耐えかねてクレームをいれてくるぞ」

「ふふふ、かしこまりました」

満腹になったら満足するというほどオレの胃袋は雑じゃない。

普段からリーデルのうまいメシで飽食生活だったからな。舌の肥え方が違う。

今夜から魚の塩焼きのみで、二日も三日も暮らすなんてぞっとするが、これが最速で帰還できる選択だ。

コアを持ったリーデルが別の洞窟へと入っていき、オレは海面に漂っている今夜の晩飯のつかみどりを始めた。

＊＊＊

ロナが戻ってきたのは、まさに三日後の昼過ぎだった。

そのころのオレは、すでに朝から晩まで三食焼き魚という事で小食になっていた。

おかわりもせいぜい一度だ。

太陽にきらめく波間をかきわけ、二本足姿になったロナが歩いてくる。

リーデルがパレオを持って出迎えるのも、見慣れた光景だ
上はちゃんとリーデルから借りていた、青い水着をつけたままだ。

「ロナ、待ったぞ。見ろ、こんなに痩せちまった」

「気のせいだ。オーガ殿は特にかわりない。リーデル殿は少し痩せたかもしれんな。手土産に果実を持ってきたぞ」

「お、ありがたい」

冗談の通じないヤツだが、気は利くヤツだ。

ロナの背後には同じ年頃の人魚の姿も二人あり、こちらもオレたちに配慮してくれたのか、胸と腰に布を巻いている。

三人の手や背には網袋があり、その重そうに膨らんだ網から透けて見える中身は、オレへの報酬であろう金銀財貨だ。

こうして見るとえらい金額になりそうだが、命がけの魚釣り、もとい、化け魚討伐の対価とすれば妥当かもしれない。

逆にあの壮絶な鬼ごっこをするハメになると知っていたら、この報酬でも受けたかどうか微妙だ。とは言え、この辺りのマナをクラーケンが吸いつくした時点で他に選択肢はなかったし、今となっては感謝している。

「お？　その首飾りは？」

「うむ。あの魔魚の牙だ。傷の少ないものを選りすぐった逸品だ。薬とするまでは私の誉として、身に着けることにしたよ。どうだ、恰好いいだろう？」

ロナの首にはヤツの大きな牙が三つ連なった首飾りがある。

「ああ、よく似合ってるよ。それより預かってた魔槍を返すぞ。ちなみに腕輪も見つけた。三日間ヒマで散歩ぐらいしかする事がなくてな。運が良かった」

「おお、それは重畳！」

腕輪の方も傷一つなく砂浜に埋まっていた。

動作確認もしたが問題なく鎖は発動した。

アーティファクトってのは本当に大したものだな。

前回の姫さんの剣、売らなきゃ良かったかな？　いや、どのみちオレにもリーデルにも扱えない武器だし、生兵法で自分を斬ったら目も当てられんか。

「よし、報酬を頼む。貨物カゴを降ろすからちょっと待ってくれ」

コアトークが使えるようになってすぐ、帰りの飛竜を今日の昼に手配しておいた。

すでに貨物カゴを二つ、背負った飛竜便が目の前で待機している。

オレは飛竜の背にのぼって、
貨物カゴのもう一つには、すでにシャーリーンを積んである。

来るときはピカピカだったのに、今や片腕を無くし、ボディには無数の傷やへこみがある。さらには師匠の試作パーツも破損して動作不能。修理代がかさむなぁ。

「けど、お前ががんばってくれたおかけで、生きて愚痴を吐けるってもんだ。今回もお疲れさんだったな」

物言わぬシャーリーンを撫でて労りながら、からっぽの貨物カゴを降ろしてロナの前に置く。

シャーリーンを入れてきた木箱は跡形もなく吹き飛んでいるので、その代わりだ。

「ロナ、報酬はこの中に頼む」

「うむ」

まず、ロナが手に持っていた網袋ごと貨物カゴに入れる。

立ち替わって、後ろの二人も同様に手や背に持っていた網袋を貨物カゴに入れていくのだが、その際に頭を下げられた。

「婿殿。このたびは、娘ともども世話になった。暁の海のラガだ」

「は？　え？　えっと、あ、はい、こちらこそ、お世話になりました？」

「あれほど立派な歯牙を持ちかえった戦士は初めてだ。ロナの親として、また暁の族長として実に鼻が高い！」

一瞬、何を言われているのか、わからなかった。

この人が例の、病気だったロナの母親で、族長とやらか？

見た目は同い年ぐらいにしか見えんぞ？

というか、本当に病み上がりか？　えらい元気なんだが？

もうひとりの人魚もオレに頭を下げた。

「婿殿。暁の海のカリじゃ。娘と孫が世話になったの」

「娘と孫？　えっと、皆さん、さきほどからオレを婿殿と呼ぶのは一体？　それで貴女はロナの……つまり、ええと？」

「オーガ殿。そちらは、私の祖母だ」

オレが会話についていけず戸惑っていると、ロナが説明してくれる。

祖母!?　マジか。見た目だけなら三人姉妹と言われても納得しそうだ。

人魚ってのは、外見年齢がこうも変わらないものか。

いや、それよりも婿殿って？

「さて、リーデル殿。ナイフを借りられるか。約束のものを渡す」

「はい」

オレが疑問に首をかしげている中、リーデルが今朝まで魚を調理していたサバイバルナイフをロナに手渡した。

ナイフを受けとったロナが自分の三つ編みを無造作につかむと、腰より下、お尻のあたりからスパっと断ち切った。

「は？」

呆気にとられるオレ。

……あ、そうか。

エリー先生への報酬として髪をゆずると約束していたんだっけな。

急にそんな事をされるとビックリするだろ。せめて、何か言ってからにしてくれ。

「リーデル殿、こちらをエリザベス殿へ。世話になったと伝えてくれ」

「確かにお預かりいたしました」

リーデルは受け取ったほのかに蒼くも白い、その三つ編みが崩れないようにして、ロナから返却された生臭いピンクのリュックにしまいこむ。

それを横目にしながら、オレはロナからの報酬で重くなった貨物カゴにフタをして、ふたたび飛竜の背中にのぼって積み込んだ。

「ロナ。色々と世話になったな」

思えばたった数日のつきあいなのに、ずいぶんと長く感じる。

これが同じ戦場をともにした、戦友との絆ってやつだろうか。

悪くない。

「それはこちらの台詞だ。私ひとりでは奴を狩るどころか、魔槍の回収すらおぼつかなかった。ところでオーガ殿」

「ん？」

「貴殿の名を教えてくれ。いずれまた会いに行く」

死線をともに潜《くぐ》り抜けた戦友には、名前で呼ばれた方がオレも嬉しいし、再会できるならそれも楽しみだ。

「ああ、オレの名前は――」

けど、確か人魚は男の名前を安易に呼ばないとかなんとか言ってなかったか？　ツガイがどーとか言っていたような？

などと疑問に思いながらも、名前を教えたのだが。

これが後の悲劇になるなんて思いもしなかった。

色々とヒントはあったのだから、もっとよく考えるべきだった。

後からエリー先生に教えて貰ったが、人魚が男の名を求める場合、自分のツガイにならないかとアプローチする時らしい。

つまりオレはロナに気に入られ、それに応えてオレが名を教えたのだから、ツガイになる事を認めたそうだ。

つまり、人魚的には婚約が成立したらしい。

意味するところは、繁殖期になったら種をもらいに行くという事。

そんな海の掟を持ち出されても困る。

オレとしては次に会った時、誤解を解こうと思ったのだが。

『ツガイを解消する場合、本人と決闘する必要がある。内容は互いの利き手に鎖でつながった腕輪をして、どちらかの手首がちぎれるまで引っ張り合うというものだ。もし降参や敗北した場合、一夜の種どころか群れに連れ去られて永久にその一族の繁殖奴隷にされる。しかも聞けば、母親と祖母の立ち合いもあったんだろう？　下手に顔を出して断りに行けば、群れ総出で追われ続けるぞ？　私としては二度と彼女らに会わない事をオススメするね』

この悲しいすれ違いに関しては、エリー先生が今後もロナと交友関係を維持する（髪とコーヒーの交換だ）という事なので、誤解を解いてもらうようにお願いしておいた。

世間は広い。

自分の常識が通じない世界があると知った。

いや、オレが世間を知らないだけか。

ともかく、その時は、そんな大変な事になるとは思ってもおらず、海の波間に消えていく三人に手を振って見送った。

「さて、リーデル。オレたちも帰ろうか、お疲れさんだったな！」

「はい。お疲れ様でし……え？」

海に背を向け、飛竜へと向き直ったオレに、リーデルが笑顔で答え……たものの、言葉尻が裏返る。

「……ぼ、坊ちゃん、アレを！」

「なんだ？」

リーデルが海の方を見たまま、指をさす。

その先には――炎の剣を振り上げ、海の上を走って迫る姫騎士の姿があった。

「はぁ!? なんでここに!?」

足元に激しい波しぶきを立て、猛然と駆け寄ってくる青いドレスの女は先日の姫騎士だった。

手には赤い刀身……いや、刀身が燃えている剣が握られている。

見た目からして、あきらかに物騒な剣だ。

その物騒な剣を振りかぶる姫騎士。

なんだ？ と思っているとその剣にまとっていた炎が、火球となって放たれた！

だが……姫騎士は火球を放った瞬間、盛大に転倒。

火球は後ろにすっぽ抜け、自身は顔から海へと激しく突っ込み、派手な水しぶきを上げる。

そしてプカリと浮いたまま、動かなくなった。

「な、なんだ？ なにがどうなった!?」

「坊ちゃん、気をつけて！ 油断を誘う演技かも！」

いや、不意打ちをかけてきて、そんな演技をする必要もない。

オレたちが呆然としている一方で、すっぽ抜けた火球が宙高く舞い上がり、やがて姫騎士の後方、少し離れた海面へ着弾した。

その瞬間。

「きゃっ！」

ドンッ、という音とともに盛大な水柱を上げ、あまりの衝撃にリーデルが小さく悲鳴を上げた。

それを見たオレたちは、同じ考えを持った目で見つめ合った。

「ぼ……坊ちゃん。もしかして、人間の船を襲っていたクラーケンを撃退したのは……」

「間違いなく、あの姫さんが船に乗ってたんだろうよ。こんな化け物が、二人も三人もいてたまるか！」

クラーケンが撃退された時、姫騎士以外にも、手強い人間がいるんだなと恐怖を覚えたが……良かった。こんな化け物が、人間界にゴロゴロいないとわかって、本当に良かった。

うつぶせになって海に浮かんでいる姫騎士だったが、今の火球の衝撃で起きた小波に揺られて、そのまま浜辺に打ち上げられる。

その手にはしっかりと剣を握ったままだ。

どうする？　すぐに飛竜に乗って逃げるか？

いや、それもマズい。

気絶しているのが演技だとしなくても、空に飛んだ時に下からあの火球で狙い撃ちされる危険性がある。

オレはすぐに駆け寄り、姫騎士が持っていた剣を慌てて遠くへ蹴り飛ばす。

だが、それでも姫騎士が反応する様子はない。

波に打ち上げられて、あおむけになっていた姫騎士の目は閉じられたままだ。

よく見れば濡れた青いドレスの胸元はわずかに上下していて、息があるのがわかる。

死んではいないようだが……さて、どうしたものか。

「坊ちゃん」

リーデルも追いつき、オレの横で姫騎士をじっと見る。

「かろうじて息はしていますが……トドメを刺しますか？」

「いやいや。え？　マジで言ってる？　さすがにそれはちょっと」

リーデルの目は本気だった。

確かに危険人物だし、恨みも買っていると思う。

思うけど、無抵抗の女の子を、とか流石にキツい。

「でしたら念の為、縛っておきましょう。危険です」

「お、うん、そうだな、それがいい」

リーデルが近づき、慎重に姫騎士の様子をうかがう。

完全に意識を失っているようだが、油断できる相手じゃない。

リーデルは、リュックから毛布で包んだダンジョンコアを取り出した。

コアを包むため毛布ごと結んでいたロープを解いて、それで姫さんをがんじがらめにしようとしたようだが、なぜかそこで手を止めた。

「どーした？」

「……このドレス。おそらく魔装ですよ、坊ちゃん」

「魔装？」

「はい。海で使用しているあたり、おそらく浮上の術式を埋め込んだものかと」

「よくわかるな。いや、さっき海の上、走ってたもんな」

人は水に浮くものだが、水の上を歩けるようにはできていない。

「正確な効果はわかりませんが、魔装なのは間違いありません。ここと、ここ。あちこちに人魚の髪が縫い込んでありますから」

「人魚の髪？」

「はい。人魚の髪は魔力を溜め込み、また消費させる事ができるとエリー先輩に教わりました。こういった魔道具を装備する事で、本人が使えない術式などを扱えるようにするとも。エリー先輩のような超一流の魔道具技師にとって、人魚の髪は垂涎の素材だそうです」

「やたらロナの髪に食いついていたのはそのためか」

報酬にロナの髪を求めていた理由がわかった。

あの時点でそれを教えてくれなかった理由は、魔道具技師としての秘密のようなものだろう。

実際、リーデルは教えてもらっているようだし、オレも口外しないように気を付けよう。

「坊ちゃん。この女の命をとらないというのであれば、身代金としてコレもいただいていきましょう」

「え？」

オレが何か言うよりも早く、リーデルが姫さんからその青いドレスを脱がし始めていた。

「お、おいおい、さすがにそれは……」

オレがとがめようとしても、リーデルの手は止まらない。

「坊ちゃんはあちらを向いていてください。それともこの女の裸にご興味が？」

「あ、うん、わかった、はい」

物騒な相手だが美人である事は違いないし、その裸にご興味ないはずもないが、そんな事を言えるわけがない。

オレは回れ右をして、後ろでゴソゴソとやっているリーデルの好きにさせる。

「あと、私も脱ぎますから、絶対にこちらを見ないでくださいね」

「は？」

なんでリーデルまで？　と反射的に振り返ってしまい、水着の肩ひもを外しかけていたリーデルと目が合った。

「坊ちゃん？」

「わ、悪ぃ！」

すぐさま、回れ右をする。

オレは悪くないと思う。

「済みました。こちらを向いても大丈夫ですよ」

しばらくゴソゴソとしていたリーデルから、ようやくお許しが出た。

「お、おおう」

てっきり、姫騎士は素っ裸で転がされていると思ったが、そこにはリーデルのピンクの水着を着せられている姫さんの姿があった。

そして代わりに青いドレスを着ているリーデルさん。

え、着たの？

憎い相手の服とか、びしょ濡れとか、そういうの頓着しないんだ、この子。

「交換したのか。けど、その水着、気に入ってなかった？　姫さんに着せてやってもいいのか？」

「せめてもの情けです。それにこのドレスを売れば、その水着ぐらい百着は買えますから」

どこに情けがあるのか。情け容赦ないって言うんだぞ。

「もっとも、こんな有用な魔装は売りません。予想通りでした。ほら、見ていて下さい」

「お？」

リーデルがドレスに魔力を回したのか、ドレスの裾《すそ》がふわりと浮き上がる。

「やはり浮上術式が組まれています。海難防止の救命具のようなものですね」

「ほー。便利な魔装だな」

「はい。これがあれば、もしまた海に出る事があっても、私だけ置いていかれませんでしょう？」

「む？」

そう言えば、リーデルはカナヅチだった。

「サイズも……ご覧のように、少し大きいですけど、着られない事もないですから」

「確かに少し大きいかもな」

胸元あたりがゆるそうだ。

一方、姫さんを見れば、着せられているピンクビキニがパツパツになって、あちこち食い込んでいる。

反して、お尻はリーデルの方が大きいのか、水着の布地に余裕があるようだった。

「坊ちゃん？」

「な、なんだよ」

「別に……別にッ！　帰ったら裾も丈も、む、胸元も！　お直しいたしますし！」

急に怒り出したあげく、目をそらされた。

なんなんだよ、まったく。

そうしてオレは、水着の上からロープでぐるぐる巻きにされた姫騎士をそのまま放置……はちょっとかわいそうなので、強い日差しも避けられて、海鳥にも見つからない、洞窟の中に転がしておいた。

メイドの情けに容赦がないので、主人のオレが不足分の情けを補填したわけだ。

それくらいしないと、高そうな魔剣と高そうな魔装を頂いていくにも、罪悪感が勝ちすぎる。

「坊ちゃんは甘いですね」

「自覚してるよ」

「別に悪いとは言っていませんよ」

ふいっと、そっぽを向いてしまうリーデル。

口ではそんな事を言っても、やっぱり機嫌は悪いようだ。

頼りない主人ですまん。

「さて、今度こそ帰ろうか」

「はい」

そうしてオレたちは飛竜に乗り込み、色々とあったが、ようやく帰路についた。

姫騎士の受難⑤　皇室歴334年8月5日、正午

「……なんとか、たどりつけた……な」

ついに私は、はるか彼方にあった島を眼前にとらえていた。

見上げれば晴天、憎らしいほどに輝く太陽。よくもえんえん、私を日干しにしてくれたものだ。

この憎き太陽は、海に放り出されてから、何度目の太陽だろうか。

疲労困憊のためか、たかだか数日だというのに、正確な日数がわからなくなっている。

何度も朦朧としたが、鍛え抜いたこの体は動いてくれた。えらいぞ、私の体。

「さて。たどりついたは良いものの……」

遠目から見た通り小さな島だが、中心をえぐられた姿は、とても自然の島の形ではない。

そして私はその原因に心当たりがある。

「これほどの爆発。一体何があったのか……」

私は島に上がろうと海辺を探してぐるりと周る。そして砂浜と言える場所を見つけた時。

同時にそこにいるはずのないものを見た。

「あれは……あのサキュバスか？」

ひどく露出の高い、下品な水着を着ている女の顔は、絶対に忘れられないサキュバスだった。

側には錆色髪のオーガが立っている。

前の洞窟で見せられた幻影のモデルか？

浜辺には他にも飛竜が一体。背中にカゴが積んである。騎乗用の飛竜か？

さらに若い女が三人いるが、魔族と一緒にいる者がただの人間のはずがない。

おそらく……人魚。私の命綱となった歌の主だろう。そんな狭間の種族の人魚はともかく、サキュバスとオーガ、そして飛竜。

人間界にわざわざ集まって、水遊びしているはずもない。で、あれば。

「人間界で悪事を働いていたか！」

とは言え、さすがに今の疲労状態で、あれだけの数をまともに相手取るのは厳しい。

私は海に首まで潜りこみ、静かに近づく。

人間と魔族、その中立と言われる人魚と敵対する事は避けたい。

だが、あのサキュバスだけは見過ごせん！

どうしたものかと悩んでいる間に、三人の女たちが足を尾に変え、海へと姿を消していく。

やはり人魚だったようだ。

人魚を見送ったサキュバスと錆色髪のオーガも飛竜に乗り込もうとする。今しかない！

「逃がすか！」

私はドレスに魔力を流し込んで浮力を最大にし、一気に海の上に躍り出る。

そして海の上を疾駆しながら手の中へ炎剣を呼び出し、全力で魔力を回して特大の火球を投げつけようとして。

「……ん？」

目の前が真っ暗になった。続けざまに全身から力が抜ける感覚。

これはアレだ。実に懐かしい感覚だ。

我が叔母に稽古をつけて頂いた時の、全身疲労で気絶する寸前にそっくりだ。

いや、待て。マズい、今、気絶するのは非常にマズいぞ！

私はすでに海上に姿をさらしている。

たかが数日、海の上を遭難しただけだというのに、なんと軟弱な！

叔母上の稽古に比べれば、散歩のようなものではないか！

しかし、剣を持ち上げているはずの腕に力が入らない。

海上を駆けているはずの足も、どこに向かっているかわからなくなった。

ぐ、だが！　今、ここで気絶するわけにはいか……な……！

そんな奮闘むなしく。

私は顔面に水をぶつけられたような感覚とともに、きれいさっぱり意識を失った。

epilogue
エピローグ

22　少しだけ減った借金と、少しだけ縮まった二人の距離

「姫様！　お怪我は!?」

「姫！　ご無事ですか！」

「……うるさい」

健やかな眠りを邪魔された私は、不機嫌な顔も隠さず起き上がる。

眼前には、ジャックとダニエルのふたりの泣き顔。ええい、暑苦しい。

こいつらがここまで泣いているのは、子供のころに菓子を取り上げて食った時以来だな。

「こんな広い海に投げ出されて、生きてまたお会いできるとは！　まさに女神様のご加護！」

「姫様が見つからねば、我々も後を追うつもりでしたよ！　心配させないでください！」

「ええい、大の男が泣きながら抱きつくな、うっとうしい！　侍女はどうした!?　乙女の寝室にむさい男どもを入れるとは何事だ！」

私はお付きの侍女を探すが……そんな姿どころか、そもそもここは私の寝室ではない。

広い海。

白い砂浜。

波風と潮の香りが満ちる島だった。

「思い出した。そう言えばそうだったな……ハッ、やつらは!?」

私はサキュバスたちの姿を探すも、影も形もない。

それどころか。

「と、ところで姫様……その、ですね」

「なんだ？」

ジャックが金髪で目線を隠しながら私を指さす。

「姫。よくお似合いとは思いますが、いささか華やかすぎるかと」

「なに？」

ダニエルが私を見て、いや、目線が微妙に下だな？

人と話す時は相手の目を見ろと言おうとして、ふと自分の体に違和感がある。

「妙に体が軽いな？」

私が自身の姿を見下ろすと。

「な、なんだ、これは！」

私がまとっていたのは水のドレスではなく、ピンクのビニキ、それも紐のような破廉恥な水着だった。

私の記憶が確かなら、あのサキュバスが着ていたものだ。

「ドレスが魔装と気づき、奪われたか？　しかもこのような当てつけまでしおって！　剣も……当然、持っていかれたか！　絶対に許さん、次こそは必ず！」

二度も命を見逃され、またも剣を奪われた自身への怒り。

そして、それ以上の怒りをもって、私はサキュバスへの復讐を誓った。

＊＊＊

「あー、とっとと、ひきこもりに戻りたい」

空へ飛び立った飛竜の背中のカゴの中、オレは毛布にくるまりつつも、胸の中にリーデルを抱き込んで愚痴った。

前回の反省を生かして持ち込んでいた防寒着も、全て吹き飛んだからな。

飛竜便にそなえつけてあった、大きな毛布が一枚しかない。

アロハのオレと、濡れたドレス姿のリーデルに与えられた暖はそれだけだ。

空はとても冷える。

「ぼ、坊ちゃん、寒いです！　もっとくっついて！」

「せめてドレスが乾いてから、空にあがるべきだった……」

結局、オレはまたも人肌湯たんぽである。

「はぁ。何でもないような事こそ、幸せだったんだな。今ならそう思う」

借金に追われる前までは、夜通しゴーレムの本を読んで昼まで寝ていられた。

好きな時に師匠の所に遊びに行ったり、リーデルパパに小遣いせびってパーツを見に行ったり。

まさに貴族の放蕩坊ちゃんだったというのに。

「ふふ。では、以前の暮らしに戻れるようにがんばりませんと」

「クソ親父が帰ってくればいいだけの話なんだぞ」

借金取りのブタいわく、当家のご主人様はいまだ戦地を転々としているらしい。

連絡をつけようにも極秘作戦が多く、向かう先すらつかめないとの事。

命がけのお仕事ご苦労様だが、親父もまさか自分の命が、息子のギリギリの借金返済によって長らえているとは思うまい。

あのオークだって、とっとと親父から借金を回収したいだろうから、ウソはつかないだろう。

と、なればこれからも、借金のお利息様のご機嫌をうかがいながら、屋敷を取られないようにやっていくしかない。

一応、休息や準備期間もないわけではないし。

帰ったら次に備えてシャーリーンのメンテをして、今回の爆弾で吹き飛んだ宿泊道具や寝具なんかも新調しなきゃならん。

金、金、金、金。

世の中、金が全てである。

「はぁ、世知辛い」

「愚痴を言えるのも、こうして無事に帰る事が出来たからですよ。お疲れ様でした」

「はいよ、お疲れさん。帰ったらまた忙しいが、これからもよろしくな」

「ええ、もちろんです」

安心したせいか、唐突に腹が鳴った。

「ふふ。帰ったらたくさんお肉を焼きますからね」

「おかわりは？」

「いくらでもお召し上がりください」

ちょっとテンションあがった。

こうしてオレたちの二回目のダンジョン経営、もとい、借金利息返済作戦は完遂となった。

ロナからの報酬の金銀財貨は、今回もオークが査定してくれた。

リーデルいわく、一般的な査定よりちょっと高めらしい。バカめ。

間抜けなブタがそれに気づかないうちに、引き取ってもらった。

余った金は三回目の借金のタシにしたいが、やはりシャーリーンの修理代がそうとうに痛かった。

コアルームに持ち込むための宿泊道具に関しては、中古でそろえる事もできるが、オレはともかく、リーデルに誰が使ったかわからん、お古をあてがうのはちょっとかわいそうだ。

というわけでやっぱり新品でそろえたりすると、余剰資金は欠片も残らなかった。

あと、姫さんが持っていた炎の剣に関しては売却せず、リーデルに使ってもらうことにした。

というのも、試しに魔力を流し込んでみたら、刃に炎を生み出す魔剣で、そのまま振り抜けば、まとった炎が球となって飛んでいく。

姫騎士のように、クラーケンを撃退するほどの威力は出ないが、魔術の心得が無くても火球を放てる剣は反則すぎるほど便利だ。

リーデルが試した時も、そこそこのサイズの火球を放つ事ができたし、特に使用者に条件はないようだ。

ゴーレムマスターのオレが、戦いの場で武器として扱う事はできない。

だがリーデルならダンジョン経営中に火種や松明《たいまつ》代わりとしても使えるし、いざとなれば当然、武器にもなる優秀なアーティファクトだ。これを売るのはもったいなさすぎる。

こうして、剣やら魔装やらでパワーアップしていくリーデル。加えて、優秀な師について学んでいる魔道具技師の卵だ。

頼りになるメイドさんが、さらにパワーアップして、ますます頼もしくなっていく。

実に喜ばしい事だが……ふと不安がよぎった。このままリーデルが成長していくと、そのうちオレなんて不要、むしろ足手まといになるのでは？　と。

オレの唯一の取り得、ゴーレムマスターという戦力すらお役御免となった日には、『坊ちゃんはお家でゆっくりしていてくださいね。ダンジョン経営や借金の件は全て私にお任せを』と言われ、置いて行かれるかもしれない。

無理について行っても、大飯ぐらいで家事のお手伝いもできない巨体のオーガなんぞ、コアルームのインテリアとしてはジャマ以外の何物でもない。

さすがにそんな未来は情けなさすぎる。

焦燥にかられたオレは、次のダンジョン経営までにやるべき事を、リストアップして励む事にした。

まずシャーリーンの修理と調整。修理は終えているが、細かい調整はまだまだ詰められる。

次に走り込み。今回のように、またひたすら走り続ける事が無いとは言い切れない。

あとは……念のため、掃除や皿洗いの練習も視野に入れておこう。

ダンジョンを経営するパートナーの負担を、少しでも減らす為だぞ？

お留守番してろって言われるのが怖いからじゃないからな！

END

Extra Episode

エクストラエピソード

1　魔道具技師流、スペックを活かしたアプローチ　（無人島への出発まであと十日）

湯気の立つ紅茶と、焼きたてのクッキー。

それらをピンクのテーブルクロスの上に並べ終え、ひとりの美しくも無表情のメイドが頭を下げる。

「エリー先輩、お待たせいたしました。温かいうちに、お召し上がりください」

「やあやあ、ありがとう！　さっ、リーデルちゃんも席について！　一緒に楽しくお茶会としゃれこもう！」

とある戦爵貴族の屋敷、その応接間のテーブル上に用意されたティーセット。

それを前に、ソファに深く腰掛けているのは、肩の出たワンピースを着た金髪碧眼の少女だった。

そしてお茶の用意を整えたばかりのメイドに向かい、笑顔で同席を促す。

「はい。では、失礼します」

メイドもまた、その言葉に従って、対面のイスに腰かける。

「リーデルちゃんのお菓子は絶品だね！　これでオチない男がいるというのが信じられないよ！」

どこか尊大な雰囲気を持つ美少女は、クッキーを実に美味しそうに口の中へ放り込んでいる。

対して、メイドの表情は暗い。

「……坊ちゃんは、あまり甘いものを食べませんし」

「さもあらん。肉を与えておけば満足という、雑な種族だからねぇ」

苦笑を浮かべた美少女の名は、エリザベス＝エインズ。

子供といっても差し支えない外見だが、こう見えて一流の魔道具技師と呼ばれ――ている者たちが口をそろえて、神の境地にある天才、と評するほど卓越した魔道具技師だった。

ただし、素行には問題があり、過去の行状と惨状から『火薬庫』などと称される事もある。

良くも悪くも、何事も結果と数字で判断する魔道具技師たち。

人格と才能は別とばかりに、今も昔もエリザベスを魔道具技師の第一人者と認めている。

そんなエリザベスが先日、初の弟子をとった事が伝わり、魔道具技師界隈では騒ぎとなった。

さぞ優秀な者が弟子入りしたかと思えば、ズブの素人を一から指導しているというのだから、その驚きはさらに大きなものとなる。

では、そのバックに権力者や資産家でもついているのか？　と思えば、成り上がり戦爵貴族の屋敷で働く給仕で、これまでエリザベスとの関連なども、まったくなかった人物だという。

ますます混乱する魔道具技師界隈。なぜそんな素人を？　と彼らが優れた頭脳で推測した結果、魔道具技師としての才能を見抜き、育て上げるつもりだろう、という無難なものに落ち着いた。

結果として、あながちそれは間違いではなかった。

だが、エリザベスの友人――今はまだ友人――の弟子自慢が羨ましかったのと、その友人との共通の話題を増やす為でもあった、などと真実が語られる事はないだろう。

「エリー先輩、お顔、失礼します」

「ああ、すまないね。両手がおいしいクッキーでふさがってしまっているんだ」

エリザベスが両手に違う種類のクッキーを持って食べていると、食べかすで汚れた口元をハンカチでふき取っているメイドこそが、その話題の弟子、リーデルである。

「さて、ノドもうるおって、舌のまわりも良くなった頃合いだ。そろそろ本題といこうか」

「はい。エリー先輩には、お忙しいところ、わざわざ足を運んでいただいて……」

恐縮しきりと言った顔のリーデルだが、エリザベスは満面の笑顔で手を振る。

「ふふふ、私はリーデルちゃんの恋のタメなら、なんだってしてあげるよ！」

「あ、ありがとうございます」

デルが己の主人へ向ける恋心。それはすでにエリザベスの知るところである。

そして人生の先輩、いや、恋の先輩として、自分に力添えをしてくれるエリザベスに対し、リーデルの畏敬の念はゆるぎない信用となっていた。

今回、エリザベスが屋敷に足を運んだ理由は二つ。

まず、次回のダンジョン経営の下準備の協力だ。

「さて、リーデルちゃん。次は海、なんだよね？」

「はい。ダンジョン経営サポート情報会社にこちらの求める条件を提示したところ、オススメ物件として紹介された中では、もっとも安全かと判断いたしました」

「ふむ。ちなみに、他のオススメは、どんなものがあったのかな？」

「はい。目玉商品として提示されたものは、前回と同じく森の中の洞窟で、コアごと廃棄されたダンジョン物件、というものがございました」

「へぇ？　うまくいけば放置されていたコアを回収して戦利品にできるし、持主に届けて報奨金を貰う事もできる。それを選ばなかった理由は？」

時にダンジョン経営は、コアを回収できずに撤退を余儀なくされる事もある。その際、置き去りとなったコアは限界値まで魔力を蓄えている事も多く、回収できれば一財産だ。

場合によっては、そのコアの持主が回収依頼を出している場合もある。

通常は、コアを手に入れた者が、それを自分のモノとするか、報酬と引き換えに持主に返還するかは、回収した者の意思が優先される。

ダンジョン経営は、全てが自己責任。

一度でも手離したコアに所有権は主張できない為、そのコアのスペックが高い、もしくは、レアなダンジョンファミリアなどが登録されていれば、高額で回収依頼を出すしかない。

「そのダンジョンの廃棄理由が、スライムに襲われたからでした。すでに三年ほど経っていますが、近くにそのスライムが住み着いていないとも限りません」

「ま、そんなところだろうね。貴重なコアごと放置されているダンジョンなんて、いくら条件が良くても手を出すもんじゃないよ？」

「はい、心得ております」

エリザベスは自分の後輩が欲に目がくらんで、危うい物件に手を出さなくて良かったと安堵する。

もっとも、常に理性的なリーデルの性格からして、そういったリスクを負うような判断はしないだろうとも考えている。

「他に良い物件は無かったのかい？」

「大きなリターンを期待できる物件として、古代遺跡の地下墓地というものもございました」

「ふむ。遺跡か。遺跡ねぇ」

エリザベスは微妙な顔をする。

魔界と人間界、ともに残されている古代遺跡には、塔や城のような地上建造物と、洞窟や迷宮といった地下空間などがあり、形状は多岐にわたる。

古代遺跡の多くは、神と悪魔が争った神呪戦争時代の遺物とされている。

防衛機構が生きている遺跡もあり、踏み込めば命が危うい場合もある。

しかし、そうとわかっていても、踏み入る者は多い。

それはなぜか？

遺跡から強力な魔法武具や魔道具である、アーティファクトと呼ばれるものが、ごくまれに発見される事があるからだ。

一本の剣で城が建つ。そんな一攫千金の眠る場所、それが古代遺跡。

先日の姫騎士から回収した魔剣は、さすがにそれほどの値はつかなかったが、ただの剣につけられるような金額でもなかった。

「遺跡ならコアによるマナ抽出と並行して、お宝探しで借金全額一発返済の可能性もあるよね。けれどリーデルちゃんは、それを良しとは判断しなかったわけだ」

「はい。今回も期限の切られた返済額は、一定量のマナ抽出があれば問題ありません。何が起こるか予測できない遺跡に踏み込むとなると、その準備だけで時間も予算もかかってしまいます」

「そうだね。遺跡のお宝なんて狙って、自分から踏み入るのはバカだけだ。一攫千金は確かにありえるけど、それを夢見た果て、それが悪夢だったとわかった頃にはもう遅い。リーデルちゃんの判断は、非常に正しい」

「ありがとうございます」

リーデルの冷静な判断力に感心するエリザベス。

古代遺跡を敬遠するという判断は、エリザベスからすれば常識の範疇だが、一度ダンジョン経営を成功させた者はその成功体験から、さらに稼げる場所へと足を向ける事が多い。

「それで残ったのが、無人島かい？」

「は、はい。人間の港がかろうじて見える距離にあるとの事ですが、気軽に往復できる距離ではなく、また航路でもない為、望まぬ客人が訪れる事もないかと。安全面では前回よりも格段に上です」

「なるほど。魔界での換金に向くような物資調達はできないけど、安全面を重視するというのであれば、正解だね。それに……」

笑顔を消し真剣な表情となったエリザベスは、静かに言葉を継げる。

「恋する乙女にとって、地の利のあるフィールドでもある。さて、作戦会議といこうか」

「え？　あ、は、はい！」

ここまでの話は、まだ作戦会議ではなかったのだろうかと疑問に思いつつ、まず、弟子の作法としてうなずき返す。

別にリーデルは、そういった恋愛感情を優先して、海を次のダンジョン経営地としたわけではない。

先ほど述べたような、廃棄ダンジョン、古代遺跡から始まり、他にも様々な候補地があった。

前回と酷似した条件の人里近くで果実の採れる森や、湖が近く貴重な淡水魚が取れる場所、魔石や魔結晶が見つかるかもしれない廃鉱などだ。

それら全て、リスクとリターンをはかりにかけ、ギリギリの返済計画となっても、極力、危険度を下げた結果として無人島を選んだ。

その根幹は、前回のように、自分の主人にケガを負って欲しくない、危ない事をして欲しくない、という思い。

もしまた自分をかばって、主人が傷つくような事があれば、今度こそ自分は我を忘れる事だろう。

候補地が決まると、リーデルは魔道具技師の修行として与えられていた課題の進捗報告も兼ねて、不在にする旨を手紙にしたため、エリザベスに報告した。

すぐに返信があり、出立前に作戦会議をしようという事になり、リーデルは頼りになるエリサベスから助言が受けられるならば、願ってもない事だとこの場を設けたのである。

だから、てっきりダンジョン経営に関する作戦会議と思っていたのだが、どうにも話の方向性がおかしい。

そもそも、ダンジョンマスターである主人を同席させない、という時点で気づくべきだった。

魔道具技師として内密の話があるという理由で、ふたりだけにさせてもらったのだから、嘘をついているようで良心がチクチクとする……ものの、リーデルとしては、この話の流れに逆らえない乙女心があった。

「さて。海とくれば水着。前回、モヤシのゴーレムのパーツ開発の際、私がリーデルちゃんにプレゼントした水着より、もっと可愛い新作が出ているんだよ！」

エリザベスは紅茶とクッキーを横に寄せて、空いたテーブルに何冊かの雑誌を置いた。

有名なファッション雑誌が並ぶが、どの表紙も薄着、もしくは水着の女性モデルのものばかりだった。

「海向けの最新号をひとそろえだ。流行だけが全てではないけれど、流行を蔑ろにするというのも逆張りが過ぎて浮いてしまう。知って選ばない事と、知らずに選べない事は、結果は同じでもまるで違う。知識は力だよ」

「は、はい」

含蓄ある言葉の迫力に、リーデルはただうなずく。

魔道具技師として積み上げた経験からくる言葉なのか、それとも恋の先輩としての言葉なのかはともかく、リーデルにはエリザベスが大きく見える。

「リーデルちゃんは素材がいいから何を着ても似合うんだけどね」

「そ、そんな、私なんて……」

「モノのスペックを正確に把握する事は魔道具技師として必要な能力さ。そんな魔道具技師の中でもトップクラス、いや、トップの私が言うんだから間違いない、自信を持って！」

「は、はい、ありがとうございます」

けれど、とエリザベスは苦虫をかみつぶしたような顔になる。

「だけど、どれだけ性能のいい魔道具だって、達成困難な目的もある。具体的には、木石の類《たぐい》のような男心に楔《くさび》を打つという作業だ。本当にあの手合いは鈍すぎるよ！　おっと、失礼」

「い、いえ」

やはり恋愛経験が豊富だと、そういった男を相手にした事もあるのだろう。

さすが恋の先輩と、リーデルはますますエリザベスへ尊敬の念を募らせる。

「であれば、手を変え品を変え、だ。この美味しいクッキーだって、毎日食べれば、そのおいしさが当然のように思えてしまう。人は幸せに麻痺する動物だ。リーデルちゃん、もし君の作る料理が、主人に飽きたと言われたらどうする？」

「……美味しいと言っていただけるよう、腕をあげます」

「おや、惚気《のろけ》られてしまった。もっとも、あの子がそんな事を言うとは思えないけどね。実際、毎日おかわりをしていそうだ」

「ええと……それは、はい。お粗末ながら」

「まったく。こんないい子が側にいて、あの子は何をやってるんだか。ええと、話がそれた。私が言いたいのは、いつもと少し味付けを変えよう、という話さ」

「味付け、ですか？」

「例えば、大英雄の子は、どうせいつも油で汚れたツナギ姿だろう？」

まるで見てきたかのように断言するエリザベスに、リーデルはうなずく。

「はい」

「たまには、別の恰好をした姿を見てみたいと思わないかな？　先日のアロハや水着姿はどうだった？」

「ええ、はい。それは確かに……」

いつもと違った主人の姿は、今も目に焼き付いている。

引き締まった筋肉も露わになった水着姿なのだから、なおさらの事だ。

……ちなみに、前回のダンジョンで、うまく口車に乗せて記念撮影をした写真の数々は、自分のベッドの下、その奥深くに隠してあり、毎夜、眠る前に取り出しては枕の下に敷いている。

「普段と違う姿に胸が高鳴る。それはあの子だって同じはず。というわけで、コレなんてどう？」

テーブルの上に置かれていた雑誌が開かれる。

すでにいくつもの付箋が張られており、それらは全て露出の高い水着のページだった。

エリザベスの言わんとする事は理解できる。だが、勧められる水着はきわどいもので、中には紐のようなものすらあった。

そんなリーデルの戸惑いを見て、エリザベスが諭すように声をかける。

「リーデルちゃんならきっと似合うよ」

「ですが、さすがにこれは……」

「このモデルを見てどう思う？　恥ずかしがっているように見えるかい？」

スラっとした長身の美しいエルフは、実に見事な着こなしだと思える。

自信に満ち、挑戦的な流し目で写真におさまっている。

「いえ。とても似合っていると思います。ご自身の容姿に、自信をお持ちなのでしょう」

「なら、リーデルちゃんが着れば、もっと似合うという事さ。別に下着姿というわけじゃない。リーデルちゃんが恥ずかしがっていると、大英雄の子も目のやり場にこまってしまうよ。むしろ、海なんだから当然の恰好です、と態度で示せば、あの子だってそういうものだと思うさ。いつも通りに振舞うリーデルちゃん相手に、自分だけが取り乱すなんてみっともないからね」

「な、なるほど！　さすがエリー先輩！」

心から感心したというキラキラした瞳で見つめられ、エリサベスは実に良い気分になる。

「ふふふ。恋の駆け引き、その初歩ってところかな？」

調子に乗る、とも言うが、自信満々に言い放つその姿に、リーデルはますます心酔していく。

尊敬するエリザベスが言うのであれば、間違いない。

「わ、私！　こ、これ、買います！」

「おお、いいねぇ、リーデルちゃん！　きっと似合うよ！」

それは黒をメインとして、ピンクのラインが入ったビキニだった。

前回、エリザベスが用意した水着よりも、布地面積が半分ほどになっている。

「うんうん、同じデザインでパレオもあるね。あとは……こんなのも流行りだよ？」

エリザベスが別の雑誌を開くと、そこには。

「ウィッグ、ですか？」

「ふふふ、そうさ。その髪型はリーデルちゃんにとても似合っているけれど、男という生き物は、女性のオシャレに対して病的なまでに鈍感だ。ガッツリ髪型を変えるぐらいしないと、気づきもしない！　リーデルちゃんだって、そう思う事があるだろう？」

「あ、ええと、はい。確かに……」

何着かあるメイド服も、一見同じように見えて、細部が違ったりするのだが、主人がそれを言及したことはない。

メイドごとき自分に無関心、というより、単に気づいていないだけだし、気づいたところで気の利いた事を言えるとも思えない。

だが、さすがに髪型が長さからして変われば、何かしら言葉をかけられるだろう。

それは単に驚きや、物珍しさであって、期待したものではないかもしれないが……それでも、そんな他愛のないやり取りを望む自分がいる。

「私なんて、3センチも切って大冒険したのに、まったく気づかないなんてありえるかい!?　……いや、何でもない。ともかくヅラぐらい持ち込まないと、目玉が詰まっているフリした節穴には、違いが認識できないんだよ」

エリザベスのあまりに具体的な言いように、リーデルはそういうものなのか、と納得し、長髪のウィッグが並ぶカタログを手にする。

確かに髪を伸ばしていたのは子供のころだけだし、少し懐かしい気もする。

この姿になれば、子供同士で遊んでいた頃のように、無邪気に笑いあえるかもしれない。

「そ、そうですね！　私も興味が出てきました！」

「ふふふ、そうだろう、そうだろう。魔道具技師にとって、好奇心とチャレンジ精神は重要だよ！」

「ですが、このカタログで取り寄せるとなると、時間がかかるのでは？」

出発の日まであと十日。配送は間に合うだろうか？

「大丈夫！　私の伝手にも色々あってね。三日もあれば全てそろえて、この屋敷に送ってあげるよ。もちろん、私からのプレゼントだ！」

「そ、それはいけません。確かに借金返済に奔走しておりますが、そういった品までご厄介になるなんて」

「リーデルちゃん」

「は、はい」

「これはね。私にとっても重要なデータ取りの一環なんだ。ああ、誤解しないでおくれよ。決してリーデルちゃんを実験台にしようというわけじゃない」

「と、言われますと？」

「鈍感な男心を撃ち砕くには、どんな手段が有効かっていうデータの蓄積が欲しいんだ。そのデータ取りに協力してくれるリーデルちゃんへのお礼、という事で、私にプレゼントさせて欲しいんだ」

「なるほど……そういう事でしたら、ありがたく頂戴いたします」

「ふふふ、成果を期待しているよ！　せっかくだし、私のように腰まで届く長さなんてどうかな？」

雑誌を指し示し、ニコニコと自身と揃いのロングストレートのウィッグを進めてくる。

リーデルは内心で、ますます尊敬の念を強くした。

恋の先輩であり、経験豊富なエリザベスだ。

自分の恋愛話など平凡で、何の役にも立たないだろう。

けれど、データと引き換えにと言えば、自分もプレゼントを受け取りやすくなる。

実際、エリザベスから勧められた服や小道具は、良い品だったが値段も相応だ。

いざという時の為、少しでも蓄えは残しておきたいリーデルの立場を慮《おもんぱか》って、データ取りの為などと冗談混じりで話を進めてくれたのだろう。

「さて二つ目の水着は、色もガラっと変えて青いビキニなんてどうだい？　爽やかな色もきっと似あうさ！」

話はさらに盛り上がり、紅茶のおかわりを三杯ほど飲み干し、エリザベスは『すぐに届けさせるから、楽しみにしていてね！』との言葉を残して帰っていった。

2　超一流魔道具技師の秘密交渉（魔魚ハンティング　二日目・夕方）

『では大英雄の子。今度はリーデルちゃんを前へ』

コアに映し出されていた、割烹着姿のエリー先輩がそう言った。

唐突に自分の名を呼ばれ、私は首をかしげる。

坊ちゃんも、まさか作戦会議の中、遠回しながらも自分が席を外せと言われて、驚いていた。

『すまないな。キミが誠実である事は知っているが、魔道具技師には顧客以外には聞かれたくない話というのもある。特に魔道具の扱い方などは秘伝のようなものだ。彼女には君に対しても守秘義務を課すが、それは目をつぶってくれ。ロナ殿とも、もう少し話がしたい』

魔道具の中には、操作が簡単でありながらも、危険な物が多くある。うろ覚えの知識でそれらを扱うというのは非常に危険で、私がエリー先輩から最初に教えられたことは、安易に魔道具の操作を他者に教えない事だった。

もちろん、技術の漏洩を防ぐという観点から、口を堅くすることは当然の責務。

実際、エリー先輩が今おっしゃったように、依頼された制作物は依頼主の個人情報でもあり、そういったあらゆる情報は、デリケートに扱うべきだと思う。

坊ちゃんも、エリー先輩の言葉に異論はないらしく、合点がいったとばかりに大きくうなずいた。

「ああ、なるほど。わかりました。リーデル、エリー先生のお話をうかがってくれ。すまんがロナも、もう少しつきあってくれ」

「ああ、私もエリザベス殿とは、もう少し話がしたい」

ロナ様もエリー先輩とは話があるようで、坊ちゃんがコアルームから出るなり、まずはおふたりの話が始まる。

「さて、ロナ殿。さきほどとは別に、新たな契約、など興味はないかな？」

「ふむ、具体的には？　互いに利の有るものである事が望ましいが？」

「ロナ殿は、そのお手元のコーヒーが、ずいぶんとお気に召したようだね？」

「ん？　ああ。初めて口にしたが、見た目も香りも味も、素晴らしい」

「実はあまり出回っているものではなくてね。今、リーデルちゃんが淹れたものも、私が手配したものだ」

ロナ様が私を見る。私はうなずいた。

水着やウィッグと一緒に、魔王様がいらっしゃる首都で流行り出した嗜好品だという事で送っていただいたものだった。

『それらは豆を挽くところから始めるものだから、海で生活する君たちにはやや準備が難しい。だが……水や湯に溶かすだけでコーヒーを楽しめるよう、粉状に加工したものも用意できる』

「なに？」

『このような感じだよ』

エリー先輩が、水の入った透明のグラスを掲げ、その上に手のひらをかざすと、黒い粉が現れ水に溶けていく。

美しい細工のされたガラス棒で、グラスの中をかきまぜると、均一の濃さとなったコーヒーができあがり、それに口をつけるエリー先輩。

魔道具技師の基本、顧客の前で使用し安全を証明する、という契約前の手順だ。

「ほう。エリザベス殿は魔道具技師であり、手品師でもあるのか？」

『私はアイテムボックス持ちでね。美味しい物を収納できるのさ』

アイテムボックススキルで収納できる物は、個々人で異なる。

エリー先輩の場合、粉末状の品であれば収納できると聞いている。

契約を結ぶ相手とは言え、初対面のロナ様には詳細を伏せたいのだろうと、私は黙ってそのやりとりを眺める。

余談だが、恰幅のよい商人が肥満の言い訳として、アイテムボックスを広げる為ですよ、と口走ることがある。

というのも、アイテムボックススキルに共通する唯一の制限に、収納容量は術者の体重以下というものがあるからだ。

エリー先輩の体重は羽根のよう、とまではいかなくとも、決して重くはない。

その少ない容量のアイテムボックスに、普段は火薬を満載しているエリー先輩だが、時折、こうして嗜好品などが入っている事もあった。

「さて。二つ目の契約として、私はこの粉末コーヒーを提供したい」

「……ふむ。エリザベス殿が望む対価は、またコレか？」

ロナ様が厳しい目になり、自身の長い三つ編みを掲げる。

「私もそこまで欲深くない。だが、望む対価はまさしくそれだよ。一つたずねたい。ロナ殿の一族は数は多いのかい？」

「ふむ？　そうだな。他の群れと比べれば大家族ではあるよ」

「なるほど。であれば、暁の族長は優秀だったのだろう。それにロナ殿のような若手も、サメーガなんて相手を獲物と定めるほどの勇敢さを持っているとなれば将来安泰だな」

「そうでありたいものだ。だが、私だけでなく、もし仲間の髪まで刻んで持ち去るというのであれば」

ロナ様が剣呑な顔になった。

「ロナ殿。早とちりせず、どうか私の話を最後まで聞いて欲しい。私は欲張りだが、欲深くはないつもりだ」

一方で、エリー先輩はあくまで冷静にロナ様を諭す。

「……む。失礼した。続きを頼む」

「群れの規模が大きいとあれば、まだ狩りに出られない幼齢と、もう狩りに出られない老齢の者もいるだろう」

「確かにいる。だからといって、その者らの髪を奪う事はできない。未来の戦士の力の元であり、戦い終えた戦士の誇りを傷つける事になる」

「無論、私もそれは承知している。だが……老齢の人魚は、幼年の人魚の子守りをする際、魔力を込めて髪を梳くだろう？」

「エリザベス殿は詳しいな。髪に魔力が通りやすくする為、狩りから退いた経験豊富な人魚たちが子守歌を歌いながら、髪に魔力を流して梳くのが幼き日々の習わしだ」

「そうして幼い人魚は歌を覚え、髪に蒼みを増していく。だが、髪を梳いた櫛には、抜け毛が残るだろう？」

「それはそうだが……なに？　エリザベス殿が望む対価は、もしやその程度の量か？」

「ふふふ、そうだ。コーヒーが貴重な品とは言え、人魚の髪ほどではないからね」

そんなもので良いのかと言わんばかりに、お顔が正直なロナ様。

「それがエリザベス殿の望む対価であれば、喜んで提供しよう……だが、しかし」

ロナ様の顔が次第に曇っていく。今度は何か言いにくい事があると、素直なお顔が語っていた。

「ロナ殿は正直だな。わかっている。幼年の髪は魔力を蓄える量が乏しい事。老齢の髪は蓄えた魔力がすぐに揮発してしまう事。どちらも承知済みだ。だが、取引の際はそれらの髪が混じらぬよう、個人別の櫛で管理して欲しい。櫛に関しては私が人数分と予備も含めて用意させてもらう」

「そこまで人魚の事を知悉《ちしつ》しているとは恐れ入った。実際、老齢の人魚は、群れで子守りぐらいしか仕事がなく、生き甲斐を失っている。孫の子守りがてら、櫛と抜け毛の管理をする事でコーヒーという潤いをもたらせるとあれば、活力を取り戻すだろう。大なり小なり、群れへの貢献は人魚の生きる意味でもある」

「ではこの内容で最初にロナ殿が言った、互いに利の有る取引、と認めてもらえるかな？」

「ああ。実に良い取引だ。早とちりをして失礼した」

「ふふふ、構わないさ。これからも末永くお付き合いしたいものだ。具体的な取引の仕方に関してだが、まず目前のサメーガ討伐を為してからにしようと思う」

「ああ、異存ない」

「ではロナ殿。申し訳ないが、ここからは魔道具技師としてリーデルちゃんとふたりで話したい事がある。少し席を外してもらっていいかな？」

「承知した。ベッドに戻っておこう。リーデル殿、終わったら呼んでくれ」

「はい。ありがとうございます」

ロナ様が、カーテンで仕切られたベッドへと向かっていく。

コアに映し出されたエリー先輩が、それまでの真面目な顔から、いつもの笑顔へと変わる。

『さて、リーデルちゃん。ここからは、楽しい内緒話の時間だ』

「エリー先輩。人魚族の髪をずいぶんとお求めのようですが、ロナ様の髪では不足でしたか？」

櫛で梳いた抜け毛、それも横で話を聞いていた限り、素材としては劣化品のようにも思えた。

『いやいや。確かにロナ殿のような若い人魚の髪は魔力充填量が多く、とても貴重さ。対して、幼齢や老齢の人魚の髪は、さっき説明した通り、ため込める魔力が少なかったり、魔力がすぐに抜けてしまったりする。けれどそこがミソなのさ。魔法薬を作る際、効力の強弱の調整は、そこで行うしかないからね。特に……惚れ薬なんてものを作る時は、強すぎても弱すぎても十全な効果が得られない』

「ほ、惚れ薬!?」

まったく予想していなかった言葉が、エリー先輩の口から飛び出した。

『ふふふ、興味があるならリーデルちゃんにわけてあげるよ？　こんな機会、二度とこないかもしれないからね』

「わ、私はそんな……そういう事は……」

『もちろん無理に、とは言わないよ。ただね、リーデルちゃん』

「は、はい」

『私はね、乙女の恋には禁じ手無し、と思っている』

「恋に禁じ手無し……！」

『例えどんな手を使っても、乙女心の前では全てが正当化される。されるに決まっている。そもそも、そんな手を使わせるほど、女心に鈍い男が悪いんだから』

「は、はい」

『むしろ、難聴気味で鈍感過多の朴念仁を相手にする場合、一服盛ってやった方が時間の無駄が省けるし、むしろ感謝されてもいいと思わないかな？　あのモヤシだって、いずれ私の足元にすがりつきながら、愛を囁くに決まっているんだから！』

「た、確かにエリー先輩はとても魅力的な女性ですし、我が主人のお師匠様も、いずれはエリー先輩に……」

出発前から、もしや、と思っていたが、エリー先輩は我が主の師である、あの少年に好意を抱いているのでは？　という予感があった。

師弟は似るという言葉もあり、あの少年師匠も中々に鈍感……というより、エリー先輩以外の女性を相手取る時は目も当てられないほどだ。

だがエリー先輩であれば、あの少年相手でも恋が成就するに違いない、そう確信して答えたのだが。

『おっと、リーデルちゃん。おっとおっと、少し誤解があるようだ。別に私は女性に対してチキンな坊やの事なんてどうでもいいんだ。ただね？　普段からこんな美女がやってきて、色々と手伝ってやっているんだ。今なんて割烹着姿になって、風邪っぴきの面倒まで見てやっている。そんな献身的かつ女子力最高の私に対して、褒め言葉の一つ、心のこもった礼の言葉一つ、ときめくような愛のセリフ……はともかく、そういった気遣い一つできないというのは紳士としてどうなのか？　という親切心から、仕方なぁく、私がその練習台になってやろう、というだけの話なんだ』

「あ、ええと、はい。左様でしたか、大変な失礼いたしました」

どうやら私の勘違いのようで、大変な失礼をしてしまった。

「ふふふ、リーデルちゃんが謝る事じゃないよ。失礼しているのは、あのトンチキだ。というわけで、私は、魔界ではご禁制品になってしまった人魚の髪を入手、それも、少量とは言え定期的に年齢別の髪を手に入れられる機会を得られるとなれば、今回の作戦にも出し惜しみはしない。一応、威力別に三つほど送るから、説明書をよく読んで運用してね」

「は、はい。大変お世話になります、勉強させていただきます」

「……リーデルちゃん」

「はい」

「本当に……いらない？」

「……い、いりません！」

「ふふふ、もし気が変わったらいつでも言ってね？　ではロナ殿を呼び戻してくれ。まずはサメーガに対して三人で作戦を立てよう。たたき台は私の中にあるから、今からそれを説明する。あの子に言うとどうせ反対するから、事後承諾で強引に進めるとしようか」

私はロナ様を呼び戻して、エリー先輩の作戦を聞き、その内容に感謝した。

留守番ではなく、私も参加できる内容だったからだ。

ただし、エリー先輩の言う通り、きっと反対されるだろう。

「任せておいて。私がうまく説得するよ」

そして、確かにエリー先輩は坊ちゃんを説得し、私はその後の魔魚捕獲作戦で、魔道具技師として坊ちゃんのお手伝いができた。

思い出したくないトラブルもあるけれど、色々あったおかげで、坊ちゃんとの距離が縮まった気がする。

私はとても満足していた。

3 魔道具技師の実力により、被害の大きさは比例する　(次のダンジョン経営まであと三日)

二度目の返済を終え、しばしの休息期間を経て。

あと三日ほどで出発という夜、エリー先輩から私に一通の手紙が届いた。

「……」

エリー先輩の名を見ると、惚れ薬、という言葉がよぎる。どうしても頭から離れない。

すでにエリー先輩は惚れ薬を作ったのか？　そしてもう使ったのか？

この手紙の返信の際、少しだけ、そう、効き目の弱いものなら少しだけお願いして……そんな事を考えてしまう自分を戒めつつも、手紙を開ける。

そこには一通の手紙と、蒼い液体の入った小瓶が同封されていた。

この瓶はまさか、と思いながら手紙に目を通す。

『リーデルちゃん。例の惚れ薬に関してだ』

「……」

最初の一文に、私は目を見張る。

まさに今、自分がよこしまな考えを抱いていた事を見抜かれたようで、心臓がドキリと跳ねた。

『私は魔道具技師として、自身の作品はまず自身で試すべき、という信念がある。今回は薬品の類だが、私の作という点で違いはない。万が一を考えて、効き目を薄めた惚れ薬を服用してみる事にしたんだ。対象は何でもいいんだが、近くに風邪をひいて転がっているヤツがいたので、それの顔を見ながらね』

効果を確かめる為、まず自身でそれを確かめる。実にエリー先輩らしい。

『結論から言おう。人魚の髪を使った惚れ薬なんて、デタラメだった』

……どこか安心した気分になる。これで惚れ薬なんていうものは、頼る事ができなくなった。

『服用後、私の体に変化は見られなかった。薬の効果として伝わっているのは、相手の事がとても愛しくなる、触れたくなる、夢に出る、そういったものだ。しかし私の感情に変化はない。彼には初めて会った時から、可愛らしい顔立ちなのにゴーレムに関しては真剣に打ち込む凛々しい瞳のギャップや、少年の手だというのに、小さな傷が無数にある職人として歴史を刻んだ手指への尊敬があった。これらは別に相手がアレでなくとも、ゴーレムマスターに対する共通認識だと思うからね。夢にまで出てくるのは……長い付き合いなら、別に不思議じゃないだろう？』

私はそこまで読み、納得した。確かに自分も、主人に対して同じように思っている。

オーガという巨躯を丸めて、私の指より小さな部品をイジっている可愛らしい姿のギャップ。

整った顔立ちながらも、ゴーレム雑誌を瞳を輝かせて読む姿。

夢には……時々だけれど出てくる。けれど、一緒にいる時間が長ければ、それだって不思議じゃない。

『とは言え、体質の問題かもしれない。安全性は一瓶飲み干し、私が身をもって保証したし、興味があればリーデルちゃんも使ってみて欲しい。自分に使っても、あの子に使っても構わないから、結果を教えてくれれば幸いだ。用量としては一滴で一晩といったところかな。ちなみに人魚の惚れ薬には自覚症状がない、とも伝わっていたが……なんの事はない。効果が無いのだから、自覚症状なんてあるはずもないんだ。まったく、とんだおとぎ話だったよ』

と、そこで手紙は終わっている。

手元には小指ほどの瓶の中でゆれる、海色の液体。

「……いくら安全だとは言え、さすがに坊ちゃんに使うのは、ね」

けれど薬に関しての興味はある。もしエリー先輩の言うように、ご本人の体質などで効果がないだけなら？

もし私に効くようであれば、人魚の惚れ薬は実在するものとして、残念がっていたエリー先輩に良い報告もできる。

効果があれば新たに作っていただいて、などとは考えていない。

そう、これは日ごろ、お世話になっている恩返しよね。

私は、自分に対してそう頷くと、入れたばかりのコーヒーに一滴、蒼い液体を垂らした。

＊＊＊

次のダンジョン経営、つまり三度目の人間界遠征まで、あと三日。

そろそろ準備にかからないといけないが、オレに出来る事なんて高が知れている。

リーデルは今頃、次の予定地の候補を出したり、泊りの準備やらで大変だと思うが、オレが手伝おうとしても、ジャマにしかならない。

その関連か、一週間ほど前にウチの屋敷にエリー先生がいらっしゃった。

リーデルとお茶をしたいという名目だったが、魔道具技師同士で、さらに師弟同士の話だからと、応接室への立ち入り禁止と言いつけられてしまった。

魔道具技師たちは情報の扱いが慎重だから納得だ。

帰り際、エリー先生が「悪いね。お先だ。式には招待しよう」と意味深な言葉を残していたが、なんだったのか。近々、魔道具関連の式典でも控えているのだろうか？

「それはともかく。師匠からの手紙が届いているわけだが、なんかあったっけ？」

すでに次のダンジョンに向かう事はお伝えしてあるし、コアを展開したらまたコアトークで連絡させてもらう事にもなっている。

今回は師匠から借りて持ち込んだものもない。普段からも手紙はちょくちょくいただくが、わざわざこの時期に速達というのは火急の用件だろうか。

「……え？」

そこには愚痴、というより、困惑する師匠の姿を彷彿とさせる内容が、乱れた文字で記されていた。

『エリーが病気になった。いや、呪いの類《たぐい》の可能性もある』

最初の一文に、オレは目を見張った。

「エリー先生が病気？　それに呪い？」

一週間前はあんなに元気だったのに？　どういう事かと続きを読む。

『最初はボクが風邪をうつしてしまったかもしれないと思ったんだ。妙に顔が赤いし、額や頬も、手をあてると熱い。あとそうやってボクが触れるだけで、悲鳴をあげて体を離す。けれど病気で心細くなっているせいか、すぐにまた寄ってきては、身を擂り寄せてくるんだ』

「む、確かにそれは普段のエリー先生からは考えつかない奇行か」

ご自分が師匠を好んでいるという事に自覚がないエリー先生は、師匠に対してあたりがキツい。好きな子に意地悪したいという行動はとるが、好意を明らかに表現するような事はないはずだ。

『エリーは魔道具の第一人者だ。ボクの知らない事も多く知っているだろうし、ボクの領域外の事にも手を出している。それに、言ってなかったかもしれないけど、ボクがエリーと知り合った時、彼女は魔道具技師じゃなくて、エルフの伝統職である薬師だったからね。もし、今もその手の方面に手を出していて、今回の事態となったならば、ボクでは対処できない』

「へぇ。エリー先生って昔はヒーラー職だったのか」

ヒーラーと言っても様々で、魔力によるヒールを使う者もいれば、薬草などを使う者もいる。体質というのは人それぞれで、魔力を受け付けない者、逆に魔力しか受け付けない者、様々だ。

魔力系ヒーラーと薬師、どちらが優れているというものではなく、治癒対象を観察し、どういった手段を使うか見極める事が重要だ。

『今回、アイスゴーレムを手伝ってもらった上、風邪で倒れたボクを看病してもらった借りもある。ボクは、伝手のあるヒーラーの所へエリーを連れて行くつもりだ。もしかしたら三日では戻ってこれないかもしれない』

つまり、オレが次のダンジョン経営を始めても、すぐには連絡が取れないという事か。

確かに何かあれば師匠の助言は値千金。だがいつまでも頼り切りではいけない。

弟子は師匠を越えてこそだ。

『なに、ボクの弟子なんだ。きっとまたやり遂げるさ！　検討を祈るよ！』

と、締めくくられていた。

追伸には、もちろんいつでも連絡しておくれ、戻ったらすぐに返信するからね！　と付け足してある。

「あいかわらず、オレは師匠に心配ばかりかける、ダメな弟子だなぁ」

オレは申し訳なさと、それ以上の感謝を込めながら、封筒に手紙をしまいなおす。

「もうちょっと作業したいけど、少し腹減ったなぁ」

その時。コンコンとドアがノックされた。そう、……ノックされた。

「え？　あ？　リーデル？」

扉の向こうから、はい、とか細い声が聞こえた。

リーデルがオレの部屋に入る時は、基本ノーノック、ノータイム、ノーデリカシーだ。

あ、手に荷物でも持っているのかとオレは察して、ドアを開ける。

そこには両手でトレイを抱えたリーデルが立っていて、溢れんばかりの肉がはさまったサンドイッチが山盛りになっていた。

「お、お夜食、お持ちしました」

「え、おう。ありがとさん？」

いつもならオレが勝手に台所をあさって、翌朝、怒られるというパターンなのだが、わざわざ夜食を作って持ってきてくれるなんて、はて？

と思っていると、リーデルはオレの部屋に入り込み、資料で散らかっている手作業台の上にトレイを置く。そしてそのまま……オレのベッドの上に腰かけた。

「え？　あの？　リーデル？」

「私、少し疲れてしまいまして。坊ちゃんは、また徹夜ですか？」

「あ。いや。うん。ちょっとだけな？」

テーブルと床に散らばる、細かなパーツや資料、雑誌などとオレの顔を見比べる。

誤魔化しようもないので、オレはうなずいた。

「こ、こちらで……少し、見ていても良いですか？」

「は？」

「で、ですから、その。坊ちゃんがゴーレムを作っているところ、をです」

「別に組み立ててるわけじゃないぞ？　再現ミニチュアの組み立てとかで、機構の勉強とかする程度だし」

「熱心ですね。一つに打ち込むお姿は、とても、その、格好いいと思います」

「お、おう……？」

「お邪魔しませんから、見ていてよろしいですか？」

夜更けの男の部屋に、家族のようなリーデルとは言え、年頃の女の子を入れるというのは憚《はばか》られるが、妙に迫力のあるその表情にオレはうなずいた。

結局、その晩。

オレはずっとリーデルの視線を横顔や指先に感じ続けて、時折、ほう、とか、ふぅ、とか妙に熱っぽい溜息を聞かされた。

しかし朝日がカーテンの隙間から差し込んだころ。

「えっ⁉」

「うわ、なんだ⁉」

リーデルが奇声を上げて立ち上がり、キョロキョロと辺りを見回した。

「あれ、私。え、え？　……あ、そうだわ、昨晩、アレを飲んで……」

「ど、どうしたリーデル……うわ、顔、真っ赤だぞ⁉　大丈夫か⁉」

しかしリーデルはオレの言葉を無視して、自分の体を見る。

どうやら服の乱れを気にしているようだ。

一晩中、固まったように座っていたせいで、スカートにシワがある程度だが、そんな身だしなみを気にするタイミングか？

リーデルは胸元を少しはだけて、自身の胸？　を見ている。

小声で『おニューまでおろして、私ったら……』などと呟き、さらにカッと顔を赤くしていた。

オレが心配して側に寄ると。

「坊ちゃんッ！」

「は、はい！」

「いいですか。今夜の事は忘れて下さい、私は何もしてませんし、何も言っていません！」

「いや、まぁ、確かに。何も言わずに、ニコニコしてジッとオレの作業見てただけだしな」

「う、うううう！」

クラーケンもかくや、というくらいに顔が赤い。

ちなみにクラーケンを例えに出したのは、オレが命の危険を感じたからだ。

ここから先は踏み込んではならないと、オレの生存本能が震えて泣いている。

「お、おいリーデル？　本当に大丈夫か？　あと、おニューってなんだ？」

「……ううう！　せっかくおニューまでおろしたのに……坊ちゃんの意気地チキン……南蛮！」

よくわからない罵倒をオレに浴びせ、走って部屋を出ていくリーデル。

「……なんだったんだ？　今日の晩飯はチキン南蛮なのか？」

だがオレはこの時はまだ、これが壮大な悲劇のプロローグにしかすぎないとは知らなかった。

そう。後日、『お前を殺して私も死ぬ！』と錯乱したエリー先生を師匠が止めようとして、結果的に付近一帯が巨大なクレーターとなったのだ。

奇跡的に人的被害が出なかったことだけが不幸中の幸いだったが、超一流のゴーレムマスターと魔道具技師が関与しているという事で、大魔王様が調停に入るほどの大事件となった。

あとがき

またお会いする事ができました、吐息と申します。

主従そろって出稼ぎライフ2巻を手に取ってくださり、誠にありがとうございます。

後書きと申しましても二度も書く機会に恵まれるとは、願ってはいたものの実現すると、何を書けばいいか迷ってしまいますね。今も1巻の自分のあとがきをパクりながら書いています。

せっかくなので、1巻が発売された後、最も印象的だった出来事を書いてみようと思います。

それは書籍化した作家の多くが、けっつまづくという、初めての確定申告です。

白色とか青色とかのアレですね。吐息は白色のまま、本年の確定申告をネットで行いましたが、いまいち合っているか不安だったので、結局、申告会場で確認する事にしました。

結果、何から何まで間違っていたので、その場で修正申告して事なきを得ました。

その際に、「間違ったままだと、自分は脱税している事になりますか？」と冗談半分で聞いたら「いえ、そんな強い言葉は使われずとも……」と真面目に返されました。

また、ネットでの間違い申告が早かった為、すでに還付金も振り込まれており、これも差額をお返しする必要があって、その為の振込用紙もその場で用意してもらったんですが「これって未納のままだと、自分は還付金詐欺をした事になりますか？」と冗談で聞いたら「いえ、そんな事はありませんから大丈夫です」と安心させてくれました。お仕事のジャマ（自分の申告修正をしてもらっている最中）をしてすみません。背丈と幅はラオウのごときでしたが、柔和な職員さんでした。

その優しさにつけこみ、ついでとばかりに青色申告への変更や、個人事業の届け書なども提出することにしました。これで白色吐息から青色吐息になるね、と、しょーもない事を考えつつ、ラオウ（仮名）さんにお願いすると「え……まだなにかあるんですか？」と顔に出ていました。

遠慮せずお願いしました。個人事業書の職業欄にはドヤ顔で『小説家』と書きました。ラオウ（仮名）さんは疲れ顔でした。ありがとうございました、来年もまたお願いします。

最後に謝辞を。

前回はメイド、今回は水着と、素敵なヒロインを描いてくださったLLLthika先生。

続刊の機会をくださった、ビジュアルアーツの豊泉様。

そして、今回も多大なご協力を頂き、２巻を完成させてくださった、パラダイムの黛様。

おかげ様で１巻に引き続き、素敵な本が出来上がりました。本当にありがとうございます。

それではこのあたりで、後書きとさせて頂きます。

皆様とまたお会いできる日を楽しみにしております。

２０２３年４月　吐息

主従そろって
出稼ぎライフ!
6
Little Ogre
Master And Servant Working Together Away From Home!

キネティックノベルス

主従《しゅじゅう》そろって出稼《でかせ》ぎライフ！ 2
～この無人島《むじんとう》では、有能《ゆうのう》メイドがオーガの坊《ぼっ》ちゃんと恋《こい》のバカンスを企《たくら》んでいます～

2023年 5月31日 初版第1刷 発行

■著　　者　吐息
■イラスト　LLLthika

発行人：馬場隆博
企　画：キネティックノベル大賞
編　集：豊泉香城（ビジュアルアーツ）/黛宏和（パラダイム）

発行元：株式会社ビジュアルアーツ
〒531-0073
大阪府大阪市北区本庄西2-12-16 VA第一ビル
TEL 06-6377-3388

発売元：株式会社パラダイム
〒166-0004
東京都杉並区阿佐谷南1-36-4 三幸ビル4A
TEL 03-5306-6921

印刷所：中央精版印刷株式会社

ISBN978-4-8015-2504-7　Kinetic Novels 004

第1回 キネティックノベル大賞
大賞受賞作品
早くもコミカライズが
進行中です！
ホーリーアンデッド
2
～非モテでぼっちの死霊術士が、聖女に転生してお友達を増やします～
Author ばーど Illustration 刃天
（定価 1,200円＋税）

1～2巻
好評発売中！
私たち……大親友《オトモダチ》ですよね!?